Emma Forrest

# Deine Stimme in meinem Kopf

Roman

Aus dem Englischen
von Anne Braun

Deuticke

Die Originalausgabe erschien erstmals 2011 unter dem Titel *Your Voice in My Head* bei Bloomsbury, London.

1 2 3 4 5 17 16 15 14 13

ISBN 978-3-552-06224-5

Satz: Eva Kaltenbrunner-Dorfinger, Wien
Druck und Bindung: CPI – Ebner & Spiegel, Ulm
Printed in Germany

MIX
Papier aus verantwortungsvollen Quellen
FSC® C006701

Dieses Buch ist Sara Hawys Roberts gewidmet
(meinem Mädchen für alles).

Und Dr. R, seiner Frau, seinen Kindern
und all seinen Patienten, die nur seinetwegen
noch am Leben sind.

*Beim Bezahlen der Rechnung sagte er:*
*»In meinem Zimmer ist noch eine Frau.*
*Sie wird etwas später gehen.«*

Milan Kundera, »Die Unwissenheit«

# Vorwort

Ich war auf der Suche nach einem Wochenendjob, und obwohl ich eher an einen Samstagsjob beim Frisör dachte, war mein Teenie-Hirn davon überzeugt, Ophelia bräuchte jemanden, der auf sie aufpasst. Deshalb radelte ich jeden Tag nach der Schule, bevor meine Mutter nach Hause kam, zur Tate Gallery, um Millais' Muse zu besuchen.

Eigentlich wollte ich keinen Samstagsjob beim Frisör und Radfahren war auch nicht meine Stärke, doch mit dreizehn dachte ich, dass Dreizehnjährige gern Rad fahren und anderen Leuten für ein Trinkgeld die Haare waschen. Erst später begriff ich meine Fehleinschätzung: »Dies oder das soll ich wollen, also werde ich es versuchen.«

Wenn ich mich der Tate Gallery näherte, wusste ich bereits, was mich erwartete. Ich sah Ophelias tizianrote Haare schon vor mir, ihren weißen Körper, der den Fluss hinuntertrieb, umgeben von Blumen. Manchmal war sie tot, wenn ich ankam. Andere Male war sie erst am Sterben und konnte noch von jemandem gerettet werden, der am Ufer stand und den ich noch nie gesehen hatte. Jemand, den Millais skizziert und dann übermalt hatte und der unter den Pigmenten nur flach atmete, damit man ihn nicht sah – ein Mann, der Ophelia erstmal machen ließ, aber keinesfalls zulassen würde, dass sie ertrank.

Obwohl ich damals noch keinerlei sexuelle Erfahrung hatte, gab es Tage, an denen ich das Gefühl hatte, Ophelia sei mitten in einem Geschlechtsakt; die Arme nach oben gestreckt, den Mund geöffnet, läge sie unter einem unsichtbaren Geliebten. Sehr viel später – nachdem ich mich zum ersten Mal verliebt hatte – wusste ich, dass sie seinen postkoitalen Geruch nicht loslassen konnte, der intensiver war als der Duft der Blumen am Ufer, an denen sie vorbeitrieb. Die Blumen flehen sie an, in diesem Augenblick zu verharren. Sein Duft fesselt sie an die Vergangenheit.

An diesen Nachmittagen war die Tate Gallery von einer Mischung aus auffällig gekleideten älteren und schwarz gekleideten, hippen jungen Besuchern bevölkert – Erstere waren vor dem Regen geflüchtet, die zweite Gruppe hoffte auf Regen, um länger bleiben zu können. Immer war mindestens ein Flirt im Gange. Aber ich saß hauptsächlich in der Mitte des großen Saals auf der gepolsterten Lederbank vor Millais' Gemälde, futterte verstohlen eine Tüte Chips und weinte. Salz und Essig waren mein Untergang. Bevor das Jahr um war, wurde ich ins Krankenhaus eingeliefert, nachdem ich dreiundzwanzig Tüten auf einmal verschlungen hatte. Noch heute schmeckt salziges Essen – zum Beispiel *Salt and Vinegar-Crisps* oder die Würzpaste *Marmite* – für mich nach Kummer.

Ich wusste, dass das Bild mich zum Weinen bringen würde, trotzdem zog es mich immer wieder hin. In der Schule kritzelte ich meine Hefte mit ihrem Namen voll: OPHELIA, mit schönen, runden Buchstaben. Ich wollte ständig bei ihr sein, und wenn ich samstags aufwachte, ging ich wieder hin und weinte erneut. Ich wusste nie, ob ich um sie weinte oder um mich. Rückblickend ist es leicht zu sagen: Ich glaube, sie hat mich angesteckt. Damals, als Dreizehnjährige, befürchtete ich, in ihr mein eigenes Schicksal zu sehen.

# 1. Kapitel

Ein Mann schleicht um mich herum, während ich schreibe. Alle Tische in dem Café in Los Angeles sind belegt.

»Gehen Sie bald?«

Vor mir stehen mein Notebook, eine Kaffeetasse und ein Diktiergerät.

»Nein«, sage ich.

»Ich gebe Ihnen tausend Dollar, wenn Sie gehen.«

»Okay«, sage ich und packe meine Sachen zusammen.

»Was?«

»Geht klar. Tausend Dollar. Ich gehe.«

Er schaut mich an, als sei ich übergeschnappt, und sieht zu, dass er wegkommt.

Ich hatte es ernst genommen. Er nicht. Nach all den Jahren, die ich nun schon »normal« bin, schaltet mein Radar immer noch ab, wenn es darum geht, was andere ernst meinen und was nicht.

Mum ruft mich auf dem Handy an, und ich gehe nach draußen, um das Gespräch anzunehmen.

»Wie spricht man Tóibín aus?«, will meine Mutter wissen. »Du weißt schon, Colm Tóibín, der irische Schriftsteller.« Wir telefonieren täglich miteinander, ich in Amerika, sie in England, und das Tag für Tag, seit ich mit einundzwanzig hierher gezogen bin. Inzwischen bin ich zweiunddreißig und sie einundsiebzig, obwohl sie eher wie eine Siebzehnjährige klingt.

»Es wird ›toe-bean‹ ausgesprochen, wie ›toe – Zehe‹ und dann ›bean – Bohne‹.«

»Herrje, das hab ich befürchtet«, sagt sie und lässt diese Info kurz auf sich wirken, dann: »Nein, unmöglich.«

»Aber so heißt er nun mal. Und so wird er ausgesprochen.«

»Ich kann nicht durch die Gegend rennen und ›Zehen-Bohne‹ sagen. Das geht einfach nicht!«

»Dann sag doch einfach nur seinen Vornamen!«

»Er ist ein bekannter Mann.«

»Dann lies seine Bücher, aber sprich nicht darüber.«

»Nein.« Ich spüre, dass sie den Kopf schüttelt. »Ich komme sicher mal in eine Situation, in der ich seinen Namen sagen muss.«

Ich glaube, meine Mutter neigt einfach zu Schwarzseherei, und das macht ihr Schuldgefühle – wie allen Juden ihres Alters, die nicht direkt vom Holocaust betroffen waren. Als sie damals in New York aufwuchs, war sie echt traumatisiert, weil irische Kinder in das jüdische Viertel zogen und ihr ihr Kazoo *und* ihre Matrosenmütze klauten. Sie war ein pummeliges kleines Mädchen, das seine Törtchen in der Sockenschublade versteckte. Und was war ein pummeliges Kind in den vierziger Jahren in New York ohne sein Kazoo?

Ihr zweites schlimmes Erlebnis war der Tod ihres Vaters und wenig später der ihrer Mutter. Sie war damals noch im Teenageralter und wusste nicht mal, wie man sich einen Toast macht. Sie wurde sehr dünn – absichtlich, nicht weil sie keine Toasts mehr aß – und heiratete einen sehr viel älteren Mann. Die Ehe hielt nicht lange. Zum Glück verliebte sie sich dann in meinen Vater, und das war das Beste, was ihr passieren konnte.

Mum und ihr erster Mann hatten schon länger keinen Kontakt mehr gehabt, und ich hatte noch nicht viel Erfahrung mit meinen manischen Anfällen, als ich zufällig die Adresse des Mannes entdeckte, den ich bisher nur vom Hörensagen kannte. Ich schrieb ihm einen Brief, in dem ich fragte, ob er schon tot sei oder nicht. Nicht aus Bosheit, nur aus Neugier.

Mum regt sich immer sehr schnell auf. Auch wenn sie eben noch total ruhig ist (wenn sie zum Beispiel ihrer Katze beim

Trinken zuschaut, sagt sie zuerst: »Brav, Jojo! Guter Junge.«), kann ihre Stimmung so plötzlich umschlagen wie das Wetter. (Die Katze trinkt weiter, Mums Lächeln erlischt. »Warum trinkst du so viel, Jojo? Was ist mit dir, Jojo? Bist du krank?«)

Ich rede oft mit mir selbst, weil ich das von Mum kenne, hauptsächlich in der Küche, wo ich sie schon mit großer Begeisterung sagen hörte: »Glutenfreies Brot verschafft mir ein unglaublich positives Gefühl.« Oder: »Ich fürchte, George Clooneys Zähne sind nochmal sein Ruin.«

Ich sehe meine Mutter überall. Aus einem bestimmten Blickwinkel hat das brasilianische Supermodel Gisele Bündchen ihr Gesicht, dann wieder erinnert sie mich an die schwarze Komikerin Wanda Sykes. Ich glaube, jeder Weiße hat einen schwarzen Doppelgänger und umgekehrt. Der schwarze Doppelgänger meines Dads ist der Vater in *Der Prinz von Bel-Air*. Und sein keltischer Doppelgänger ist Sean Connery.

Einmal kam in einem Hotel in Jamaika eine Frau auf ihn zu und sagte: »Gestern Abend dachten wir, Sie seien Sean Connery.« Und Dad erwiderte: »Gestern Abend *war* ich Sean Connery.«

Mein Dad weiß so gut wie alles, deshalb muss ich nie googeln. Dad reicht mir. Wenn ich eine Frage habe, schicke ich ihm eine E-Mail, er bekommt es heraus und antwortet dann unter dem Namen der beiden Google-Gründer-Milliardäre:

»Von London nach Cardiff: teuer? Wie lange dauert die Fahrt?«

»2–3 Std. mit Zug. Teuer, wenn man nicht im Voraus bucht. xx Larry Page und Sergey Brin.«

Mit vierzehn wollte ich mal vom Sportunterricht befreit werden. Dad verfasste ein Schreiben in Form eines Dreiecks:

An
Miss
Jenson, meine
Tochter kann heute
nicht am Sport teilnehmen.
Folgender Grund: Unpässlichkeit.
Es grüßt Sie herzlich Ihr Jeffrey Forrest

Das tat er nur zu seinem Privatvergnügen, so pingelig sorgfältig, dass ich zu spät zum Unterricht kam. Als ich Miss Jenson die Entschuldigung überreichte, riss sie sie in kleine Fetzen, ließ sie auf den Boden fallen und sagte, sie betrachte diese Entschuldigung als persönliche Beleidigung vonseiten meiner Familie.

Einmal bekam Dad eine Kreditkarte, die auf »Sir Jeffrey Forrest« ausgestellt war, weil American Express so blöd gewesen war, auf das Antragformular zu schreiben: »Schreiben Sie Ihren Namen in Druckbuchstaben in der gewünschten Form.«

Neulich hat er einen Flug gebucht und schickte mir die Flugdetails:

| Sonderwünsche: | Spezielle Menüwünsche | Sitzwunsch |
|---|---|---|
| SIR CHARMING JEFFREY FORREST | – | 12 J |
| MS NÖRGEL JUDITH FORREST | – | 12 K |

Als ich ihn fragte, ob es wirklich klug war, sich selbst und meine Mutter so zu nennen, antwortete er, er könne nichts dafür: »Im Rahmen der neuen Vorschriften zum Schutz der inneren Sicherheit *müssen* die Namen auf den Tickets eine Kombination aus dem Eintrag im Pass und dem äußeren Erscheinungsbild beim Check-in sein.«

Ich finde, dass sich meine Eltern in ihrer Exzentrizität ganz gut ergänzen – zwei mit ihren Neurosen perfekt zusammenpassende Puzzleteile. Wie gern hätte ich auch so ein Puzzleteil!

Ich habe eine Schwester, Lisa, drei Jahre jünger als ich. Als sie klein war, hatte sie einen imaginären Freund namens Poofita Kim. Dieser war, wie sie anhand einer Zeichnung erklärte, auf der Flucht, weil er sechs Kinder ertränkt hatte. Die damals fünfjährige Lisa versteckte ihn bei sich. Ungefähr zur selben Zeit verfasste sie einen Brief an Margaret Thatcher.

> Liebe Margaret Thatcher,
> warum bist du immer so gemein? Gemeiner als der Teufel. Bitte komm am Samstag um vier Uhr zu uns zum Tee, dann reden wir darüber.
> *Bitte komm mit Hut!*

Früher habe ich Cola über Lisas Klavier geschüttet und die Füllung aus ihrer Plüschrobbe geholt, die sie immer mit ins Bett nahm, die hinterher so aussah, als habe man die Luft rausgelassen. Als Kind hielt Lisa meine Sünden gewissenhaft in ihrem Tagebuch fest:

> 3. Dezember 1987: Emma hat mich an den Haaren gezogen.
> 14. März 1988: Emma hat Cola auf mein Klavier geschüttet.
> 1. September 1988: Als Mum nicht herschaute, hat Emma mich ganz böse angestarrt, und hinterher hat sie es gesagt, sie hat mich gar nicht böse angestarrt.

Sie hat seit zwölf Jahren denselben Freund. Ich nicht.

Lisa hat mir *Die gelbe Tapete* von Charlotte Perkins Gilman geschenkt und mir ein Bild von Jon Stewart auf meine Slips genäht. Ich liebe sie abgöttisch – aber wehe, Mum setzt einen Fuß in den Raum, dann können wir uns plötzlich nicht mehr ausstehen.

Meine Großmutter ist neunzig und hat sich kürzlich einen jiddischen Akzent zugelegt, der sich einschleicht, wenn sie müde oder beschwipst ist. Ansonsten klingt sie genau wie Prunella Scales aus der alten BBC-Sitcom *Fawlty Towers*, nur mit sehr viel derberen Sprüchen. Als wir einmal zusammen Wimbledon schauten und ich sagte, Steffi Graf sei ganz hübsch, kreischte meine Großmutter: »Was?! *Die* hässliche Ziege?« Lauren Bacall kann sie auch nicht leiden, warum, weiß kein Mensch.

Vielleicht weil meine Familie so ist, wie sie ist, hat es eine Weile gedauert, bis ich merkte, dass meine Neurosen inzwischen weit mehr als nur exzentrische Marotten waren – mit zweiundzwanzig wohnte ich in Manhattan, stand beim *Guardian* unter Vertrag und mein erster Roman sollte demnächst erscheinen. Meine Ticks hatten die warmen Gewässer der Schrulligkeit hinter sich gelassen und waren an jene kalten, tiefen Stellen im Meer gelangt, wo sie das eine oder andere Todesopfer forderten. Meine Leute waren in England. Sie wussten nicht, dass ich mit Rasierklingen an mir herumritzte – an Armen, Beinen und am Bauch –, und sie wussten auch nicht, dass ich sechs bis sieben Mal pro Tag Fress- und anschließend Kotzattacken hatte. Obwohl ich wusste, wie sehr sie mich liebten, hatte ich auch in meinen schwärzesten Zeiten Angst davor, es ihnen zu sagen.

Ich hatte Angst, sie würden mich von New York wegholen, einer Stadt, die so verrückt war, dass sie mir einzelne kurze Momente der Freude verschaffte, für die ich zum Glück immer noch empfänglich war. Einmal, als ich mit meiner Freundin Angela Boatwright über die Avenue B schlenderte, flitzte ein kleiner Junge, ungefähr acht oder neun, auf dem Fahrrad an uns vorbei und rief: »Ich fick euch in den Arsch!« Er sagte es richtig ernst und stolz, wie ein Mann mit Arbeitsethos. Etwas später an diesem Tag pfiff ein Mann hinter mir her, der höflichste Pfiff, den ich je zu hören bekommen hatte. Es war ein Bauarbeiter, der hinter mir herrief: »Hol mich der Teufel, Kleine! Mit dir würd' ich gern ins Kino gehen!«

Ich fühlte mich unsagbar einsam. Ich stellte mir vor, ich würde die Einladung des Bauarbeiters annehmen, mit ihm ins Kino gehen und den Kopf auf seine Schulter legen – und er würde schreien: »Pfui! Lass das! Ich hab doch nur gesagt, dass ich mit dir ins Kino will! Von Anfassen war nie die Rede!«

Ich hatte zwar einen Freund, einen sogenannten *Bad Boyfriend*, doch der hatte viel mit meiner Einsamkeit zu tun. Rückblickend ist es mir ein Rätsel, warum er überhaupt mit mir zusammen war. Er stand total auf meine Brüste und ... tja, das war's schon, glaub ich. Sie waren ja auch schön. Meine Eltern wollte er nicht kennenlernen (»Ich hab's nicht so mit Eltern«). Auf seiner No-Liste standen außerdem:

1. Kuchen
2. Poesie

Beides Dinge, die ich wirklich liebe. Ich bekomme sogar beide ganz gut hin. Alles, was ich sagen kann: Ich war neu in der Stadt. Ich kannte so gut wie niemanden. Und er war groß und attraktiv und hatte herrlich weiße Zähne.

Das erste Mal ging ich im Jahr 2000 zu Dr. R – schien mir ein gutes Jahr, um sein Leben zu ändern. Ich war mit der 6 gefahren, direkt von der Notaufnahme aus, wo sie mich über Nacht behalten hatten. Ich war so gefühllos geworden im Leben, dass ich Sex nur spürte, wenn es wehtat, und dabei sah ich mich aus weiter Ferne auf dem Bett liegen. Trotz des Ritzens und der Bulimie kam ich mit meinen selbstzerstörerischen Bemühungen nicht schnell genug voran, sodass mein Lover mir dabei half. In jener Nacht war er jedoch zu weit gegangen. Obwohl die U-Bahn voller lärmender Schulkinder war, fühlte ich mich wie in einem Schlauchboot auf hoher See. Ich spürte das Blut noch tropfen, als ich in Dr. Rs Wartezimmer saß und eine alte *New York Times* durchblätterte. Die roten Flecken auf meiner weißen Baumwollunterwäsche ließen mich an jemanden denken, der in einem verschneiten Irrgarten verblutete – und mit genau diesem Gefühl hatte es auch angefangen. In der *New York Times* war eine Karikatur, die ich nicht begriff. In meinem damaligen Zustand fühlte ich mich so einsam, so verloren und von allem getrennt, dass mir die Tränen kamen. Und so fand mich Dr. R vor, blutend und heulend, als ich endlich auf eine Empfehlung reagierte, die ich schon Monate zuvor bekommen hatte.

Die Tür wurde geöffnet, und Dr. R stand wie eine Debütantin bei ihrem ersten Ball oben im Treppenhaus, ein schlanker Mann mit schütterem Haar und einem Rollkragenpulli, den er in seine Cordsamthose gesteckt hatte, deren Gürtel viel zu hoch saß. Ich war richtig schockiert, als ich von Barbara, seiner Frau, erfuhr, dass er erst dreiundfünfzig gewesen war, als er starb. Seine Klugheit und sein fast unter der Brust sitzender Gürtel ließen ihn wesentlich älter wirken.

Meine Augen schweiften durch sein Zimmer. Ein Buch, das er über Kokainmissbrauch geschrieben hatte. Drei Tiffany-Lampen. Und ein gerahmtes Foto seiner beiden Söhne (Andy und Sam – deren Namen ich allerdings erst später aus dem Nachruf erfuhr). Ein kleiner Innenhof (doch das Fenster war nur im Sommer geöffnet, wenn von der Schule auf der anderen Straßenseite nicht zu viel Lärm herüberdrang). Am schönsten fand ich ein Kunstwerk: ein hölzerner Apothekerschrank aus dem ausgehenden 19. Jahrhundert, mit ebenso alten Arzneien, darunter auch Arsen.

Dr. R lehnte sich in seinem Drehstuhl zurück, wie eine Katze, die es sich auf dem Sofa gemütlich machte.

»Sie haben geweint«, sagte er.

»Die Fahrt mit der U-Bahn hat ziemlich lange gedauert«, entgegnete ich und machte die Linie 6 für meine Tränen verantwortlich, obwohl ich ihr nichts Schlimmeres vorzuwerfen hatte, als dass es nach McDonald's gestunken hatte.

Die Linie 6 heißt auch IRT Lexington Avenue Line und befördert täglich an die 1,3 Millionen Fahrgäste. Sie ist die einzige U-Bahn-Strecke in Manhattan, die die Upper East Side befährt, und sie führt von Downtown Brooklyn durch Lower Manhattan und endet im Norden in der 125th Street in East Harlem. Sie wurde am 17. Oktober 1904 eröffnet, und wenn ich damit zu Dr. R fuhr, konnte ich mir an meinen schwärzesten Tagen sagen: »Ein Jahrhundert alt, und sie fährt immer noch!« Es gibt siebenundzwanzig Haltestellen, aber nur dreiundzwanzig werden noch bedient, was das Ganze irgendwie menschlicher macht. Wenn der Zug an der verdunkelten Haltestelle der 18th Street vorbeiraste, ohne sie eines Blickes zu würdigen, stellte ich mir vor, dass die Haltestelle 18th Street einfach in Rente gegangen war, weil sie für diese Welt zu sensibel war. In Wirklichkeit waren die neuen Züge mit ihren zehn Waggons einfach nur zu lang für ihren Bahnsteig. Doch ich sah in allem nur Schmerz und Trauer, und ich spülte diese Gefühle in meinem Mund hin und her wie edlen Wein.

Nach dem Tod von Dr. R fand ich heraus, dass er viele Menschen gerettet hat. Es ist ein komisches Gefühl, ein bisschen so wie man als Erwachsener feststellt, dass auch andere Leute den *Fänger im Roggen* gelesen haben, nicht nur man selbst. Ich wusste, dass er der Direktor des Kokain-Missbrauch-Programms am Columbia Presbyterian Hospital war. Nach seinem Tod erfuhr ich, dass er auch ein wegweisendes Programm für die psychologische Betreuung von Feuerwehrleuten initiiert hatte, die von 9/11 traumatisiert waren. Im Kondolenzbuch in der *New York Times* haben die meisten seiner Patienten geschrieben: »Er hat mir das Leben gerettet.«

Während der acht Jahre, in denen ich Dr. Rs Patientin war, kam er zu meinen Lesungen, obwohl die Doktor-Patienten-

Richtlinien vorschreiben, dass wir nicht miteinander reden durften. Trotzdem hielt ich nach ihm Ausschau und freute mich, ihn zu sehen. Seine Witwe schrieb mir neulich, wie stolz er auf meinen Erfolg war und dass ich einen besonderen Platz in seinem Herzen hatte. Möglich, dass sie anderen Patienten schrieb: »Mein Mann konnte Sie nicht leiden. Er hat sich in den Sitzungen mit Ihnen zu Tode gelangweilt und dachte, Ihnen sei sowieso nicht zu helfen. P.S. Ihr Buch war scheiße.« Aber ich glaube nicht. Ich weiß, dass er einem seiner Patienten, der in finanziellen Schwierigkeiten steckte, Bilder abkaufte und sie in seinem Büro aufhängte. Ich fand eine Mail von 2005, in der er anfragte, ob er einen netten Surfer-Boyfriend von mir »mieten« könne, von dem er wusste, dass er mit aller Gewalt abstinent zu bleiben versuchte – für einen Freund, damit er der Tochter als Geburtstagsgeschenk Surfunterricht gab.

Er war ein fröhlicher Mensch, ein ewiger Optimist. Egal, was ich ihm erzählte, er fand es nie so schlimm wie ich selbst. »Oh, und dann hab ich den Kerl erstochen. Mit zweiundzwanzig Messerstichen.«

»Nur zweiundzwanzig? Immerhin weniger als dreiundzwanzig.«

Ich hatte grenzenloses Vertrauen zu ihm. Und mir gefiel, wie er mich sah. So einfach ist das.

Ich habe eine Mutter, der ich so nahestehe, dass wir manchmal dieselben Albträume haben. Ich erzähle ihr alles. Mein Vater kapiert nichts, wenn es um persönliche Dinge geht, die einem sehr wichtig sind. Ich habe also ein Elternteil, das mich liebt, aber nicht zuhört, und eines, das mich liebt und *zu* intensiv zuhört. Die Rolle der Psychiatrie, wie Dr. R sie verkörpert, ist die des distanzierten Beobachters. Und der Therapeut ist ein Mensch, dem man all seine Geheimnisse anvertrauen kann, weil man ihm nie beim Abendessen gegenübersitzen wird.

Als ich aus meiner Talsohle herauskletterte, ging ich jede

Woche zu Dr. R. Danach alle zwei Wochen. Dann einmal im Monat. Zuletzt nur, wenn nötig. Von meinen Psychopharmaka nahm ich nur noch die halbe Dosis. Als ich nach Los Angeles zog, hatten wir telefonische Sitzungen. Drei- oder viermal pro Jahr sahen wir uns persönlich, immer wenn ich in New York war.

Letzten März rief ich an, um einen Termin zu vereinbaren, sobald ich wusste, dass ich nach New York fliegen würde, um einen Mann zu treffen, mit dem ich erst seit wenigen Monaten zusammen war. Doch bereits damals fiel es mir schwer, mir vorzustellen, dass es eine Zeit gegeben hatte, in der wir uns nicht gekannt hatten (er bezeichnete sich selbst als meinen »Gypsy Husband«, was ich zu »GH« abkürzte). Ich würde Dr. R erzählen: »Ich habe mich verliebt, in einen lieben, freundlichen Mann, der auch schon durch die Hölle der Dunkelheit gegangen ist, aber trotzdem sind wir füreinander zum Licht geworden. Dank Ihnen geht es mir so gut, dass ich für jemanden ein Licht sein kann.«

Ich hatte auch vorgehabt, ihm zu sagen, dass er mich medikamentös neu einstellen und die Dosis weiter reduzieren könne, da ich mich nun schon recht lange Zeit ruhig und zufrieden fühlte. Ich hatte sogar einen Essay über meine Heilung nach einem Nervenzusammenbruch für den *Guardian* geschrieben, in dem ich meinen Therapeuten über den grünen Klee lobte. Ich fand es etwas seltsam, dass er mir keine Mail geschickt hatte, um mir zu sagen, dass er es gelesen hätte. Aber ich wusste ja, dass er immer viel zu tun hatte.

Das Hotel war schon gebucht und die Unterwäsche eingepackt, als ich ihn anrief, um einen Termin zu vereinbaren, an dem ich ihm die gute Nachricht erzählen wollte. Ich hatte »den Einen« getroffen. (»Macht es dir etwas aus, wenn ich dich in meinem Buch ›den Einen‹ nenne?«, frage ich GH, als ich auf der Veranda am Tippen bin, während er fürs Abendessen

Lachs zubereitet. »Nein, das gefällt mir«, antwortet er, »denn es bedeutet, dass wir ›die Zwei‹ sind.«)

Dr. Rs Anrufbeantworter ging an, doch die Ansage war neu.

*»Die Praxis ist aus gesundheitlichen Gründen geschlossen. Das Gerät zeichnet keine Anrufe auf.«*

Keiner seiner Patienten ahnte, dass er krank war, und erst recht nicht, dass er Lungenkrebs hatte. Die ganzen neun Monate, von der Diagnose bis zu seinem Tod, verschwieg er es uns und eilte nach jeder Chemo in seine Sprechstunde zurück. Den einen oder anderen Termin sagte er ab, weil er sich nicht »auf dem Damm« fühlte. Unser letztes Gespräch fand statt, als ich ihn – wie so oft in unseren gemeinsamen acht Jahren – anrief, um ihn zu warnen, dass mein Scheck platzen könnte (Hypermaniker: können nicht mit Geld umgehen).

»Da mache ich mir gar keine Sorgen, Emma«, antwortete er. Er hatte noch ungefähr drei Wochen zu leben.

Als ich von meinem Besuch bei GH in New York zurückkehrte, rief ich die E-Mails einer Adresse ab, die ich eigens eingerichtet hatte, damit mir die Leserinnen und Leser über meine Website schreiben können.

21. Mai 2008

*Emma,*
*als ich neulich auf Google ein »Kondolenzbuch für Dr. R« einrichtete, stieß ich auf einen Ihrer Artikel. Ihre Offenheit und Klarheit haben mich tief beeindruckt. Ich bin der Schwager von Dr. R, und ich weiß nicht, ob Sie schon wissen, dass er vor zwei Wochen verstorben ist, nach einem neun Monate langen Kampf gegen den Krebs. Ja, er war ein wahrhaft großer Mann, der seiner Familie schmerzlich fehlen wird. Sie werden viele Erinnerungen an ihn finden, wenn Sie in Google »Kondolenzbuch für Dr. R« eingeben.*
*John Crawford*

Später an diesem Tag bekam ich eine Mail von Dad. Es war kein Dreieck.

*Mum hat vorhin mit dir telefoniert und mir die traurige Nachricht erzählt. Ich bin traurig, weil er dir so geholfen hat, und weil ich weiß, wie sehr du an ihm hingst und ihm vertraut hast. Ich weiß nicht, wem als Erstem auffiel, dass gute Menschen jung sterben, aber es scheint tatsächlich mehr als nur eine statistische Ausnahmeerscheinung zu sein.*

Nachdem ich von Dr. Rs Tod erfahren hatte, rief ich den Anrufbeantworter, der keine Nachrichten entgegennahm, noch mehrmals an, immer und immer wieder – wie wenn man auf der Suche nach Essen, das gar nicht da ist, die Kühlschranktür immer wieder auf- und zumacht. Wenn ich nur oft genug anrief, würde er irgendwann vielleicht doch da sein. Ich rief so lange an, bis der Anschluss eines Tages abgeschaltet war und ich außer meinem eigenen Atem nichts mehr hörte.

5. Juni 2008
Mit tiefer Betrübnis schreibe ich diese Worte. Dr. R hat meinen Sohn von seiner höchst gefährlichen Drogensucht geheilt. Er hat ihm das Leben gerettet und ihn uns zurückgegeben.
Seit damals ist, während der letzten zwölf Jahre, kaum eine Woche vergangen, ohne dass sie einander sahen oder, wenn mein Sohn verreist war, miteinander telefonierten. Dr. R wurde zu seinem Mentor, engen Freund und Coach. Wie alle, die das Privileg hatten, von ihm betreut zu werden, war mein Sohn wie vor den Kopf gestoßen, als er von Dr. Rs Ableben erfuhr, und er hat sich bis heute nicht von diesem Schock erholt.
H (NEW YORK, NY)

## 2. Kapitel

Ich sitze in meinem alten New Yorker Apartment im siebzehnten Stock und schreibe. Von hier aus kann ich das Krankenhaus sehen, in das ich nach meinem Selbstmordversuch eingeliefert worden war, nur wenige Wochen nach meinen ersten Sitzungen bei Dr. R. Er kam mich besuchen. Ich lag im Bett, an einen Monitor angeschlossen, als sie mir den Rücken zudrehten und meine Mutter ihm meinen Abschiedsbrief zeigte, den er kurz überflog und ihr dann zurückgab.

»Es tut mir leid«, sagte er. »Ich dachte, es ginge ihr besser.«

Es ist wichtig für mich, dass mein Retter gleich zu Beginn einen Fehler gemacht hat. Das machte ihn in meinen Augen kleiner und menschlicher. Als er mir an jenem ersten, blutigen Tag Zoloft verschrieb und meinen Zustand überwachte, glaubte er, ich sei keine Gefahr mehr für mich selbst. Aber er hatte sich getäuscht.

Die Sanitäter brachten mich ins St Vincent's Hospital, nachdem meine Mitbewohnerin mich bewusstlos vorgefunden hatte. Sie hatte mich nicht gleich entdeckt, weil ich ohnmächtig geworden und in einen geöffneten Koffer gefallen war, den ich noch gar nicht ausgepackt hatte. Drei Monate lang hatte ich es nicht geschafft. Nachdem man mir den Magen ausgepumpt hatte, wurde ich rund um die Uhr bewacht. Eine betrunkene Nonne hielt Sitzwache bei mir, und sie kam sogar mit, wenn ich auf die Toilette musste. »Jesus liebt dich!«, lallte sie. Ich stellte mir Jesus als Spanner auf dem Klo vor, keuchend und mit ungewaschenen Haaren.

Als ich dieses Apartment zum ersten Mal betrat, war der Blick auf die Stadt und das Empire State Building inmitten des

Häusermeers eine ähnliche Offenbarung für mich wie damals in *West Side Story* für Richard Beymer der Augenblick, als sein Blick in dem überfüllten Raum plötzlich auf Natalie Wood fiel. Der Rest der Stadt verblasste. Es gab nur noch uns zwei, das Empire State, das fast bis zum Himmel ragte, und mich, die ich über meine Verhältnisse lebte. Ich bin nur einen Meter fünfundfünfzig groß. Ich betrachtete den Wolkenkratzer und hatte das Gefühl, er würde mich beschützen – und mir Sachen vom obersten Regalfach reichen, an die ich selbst nicht kam.

Rechts vom Empire State Building steht das massige MetLife Building, das wie der dicke und lustige beste Freund des Empire State Building wirkt. Ich kann auch das Chrysler Building mit seiner sechsgeschoßigen Stahlkrone sehen, spitz und schmal wie ein Louboutin-Stiletto. Ich sehe Carrie Bradshaw als Riesin vor mir, die auf dem Rücken liegt und einen Schuh in die Luft streckt, während sie leise heiße Tränen weint, da Big ihr gesagt hat, sie sei ihm zu anstrengend. Erstaunlich, dass ich hier oben gelandet bin und unter vielen anderen Gebäuden ausgerechnet auch dieses Krankenhaus sehen kann – ebenso erstaunlich wie die Tatsache, dass ich noch lebe und es überhaupt noch sehen kann.

»Jetzt sind Sie ja nicht mehr hübsch für Ehemann!«, schimpfte der indische Krankenpfleger an jenem schrecklichen Tag im März, während er meine Schnittwunden begutachtete und mir eine Infusionsnadel in die Armbeuge stach. Ich sage »schrecklich«, weil er das für alle war, die mich liebten. Für mich war der Tag aber nicht schrecklich, sondern genau so, wie ich es erwartet hatte. Ich hatte mich auf ihn gefreut. Mein Endspiel!

Als sie mir den Magen auspumpten, versuchten sie sich zusammenzureimen, ob die Narben an meinem Arm etwas mit dem Selbstmordversuch zu tun hatten. Hatten sie nicht. Ich hatte sie mir über Tage, Wochen und Monate zugefügt. Eine

Graffiti-Künstlerin, die sich mitten in der Nacht zu ihrer Lieblingsmauer schleicht. Ich ritzte mich regelmäßig, meist mit Rasierklingen und hauptsächlich am Arm, manchmal aber auch an den Oberschenkeln, in letzter Zeit auch am Hals, im Nacken und im Gesicht – und einmal sogar am Bauch, mit großer Entschlossenheit. Mit sechzehn habe ich mit dem Ritzen begonnen.

»Und wann fing die Bulimie an?«, fragte Dr. R, der mit seinem viel zu hoch gezogenen Hosenbund auf seinem ledernen Drehstuhl saß. Seine Stirn war so stark gewölbt, als wollte das Gehirn herausspringen und sich zwischen uns legen – wie ein galant ausgebreiteter Umhang, der mir über meinen psychiatrischen Sumpf hinweghelfen sollte.

»An dem Tag, an dem ich nach New York zog.«

»Da hielten Sie es plötzlich für eine gute Idee?«

»Ja, glaub schon. So ähnlich wie die Höhlenmenschen, als sie damals das Feuer entdeckten.«

Er lachte. Er hatte ein nettes Lachen.

Und es war ja auch lustig. Da zog ich in die größte Stadt der Welt, verschanzte mich in meinem Apartment und futterte Unmengen von Kuchen. Und kotzte sie wieder aus. Es war ein jämmerliches Leben, doch ich fühlte mich unfähig, damit aufzuhören. Bulimie ist der böse Zwilling vom Orgasmus. Penetration und dann der Verlust jeder Kontrolle. Der sogenannte kleine Tod, *la petite mort*.

»Ihre Mutter glaubt«, sagte er, und seine eintönige Stimme mit dem Midwest-Einschlag ließ jeden Satz sachlich und nüchtern klingen, »dass New York das in Ihnen zum Vorschein gebracht hat.«

»Ja, o ja, klar. Aber ich denke, New York hat das ganz gut gemacht. Wie damals im Mittelalter, als man Blutegel ansetzte …«

»Die das Fieber an die Oberfläche saugten?«

Es gab echt keine Anspielung, die er nicht verstand. Egal, ob es um Musik, Kino oder Emotionen ging.

»Ja, ich bin dieser Stadt unendlich dankbar. Sie war schon immer da, diese Traurigkeit – mit zwölf saß ich zum Beispiel nachts im Bett und betete, sterben zu dürfen –, doch bevor ich hierher gezogen bin, habe ich es nie ausgesprochen.«

Dr. R drehte sich auf seinem Stuhl. »Ich denke, man kann sagen, dass die Kombination aus Ritzen und Bulimie als eine Art Speedball fungierte, das diesen Event letztendlich auslöste.«

Event? Das klang nach Event-Management! Ich fand, dass das, was ich getan hatte, dank seiner Wortwahl gleich viel weniger erschreckend klang.

Er hatte recht. Ich hatte meine täglichen Telefonate mit Mum eingestellt. Früher hatten wir uns immer drei- bis viermal pro Tag gesprochen. Vor dem Suizidversuch konnte sie mich viel schwerer erreichen. Ich war meist nachts wach, schlief dafür den Großteil des Tages und ließ meinen Anrufbeantworter ihre Anrufe entgegennehmen. Und wenn ich selbst mal ans Telefon ging, war ich entweder einsilbig oder quasselte wie ein Wasserfall.

»Du klingst irgendwie gehetzt«, sagte sie zum Beispiel.

»Ja, stimmt, weil ich gerade eine super Idee für ein Drehbuch hatte. Es heißt *Mrs Dolphin*, und es geht um einen Mann, der sich in ein Rückenmassagegerät verliebt, das die Form eines Delfins hat.«

Angesichts der Tatsache, wie chaotisch ich klinge, glauben Sie mir womöglich gar nicht, wenn ich Ihnen sage, dass mich der Direktor von Sony nach Kalifornien einfliegen ließ, um mit mir zu besprechen, wie er meinen Debütroman verfilmen konnte. Er fragte auch, welche Skripts ich noch schreiben wollte. Doch es ist wahr.

»Das«, erklärte Mum kategorisch, als ich ihr von *Mrs Dolphin* erzählte, »ist keine gute Idee für einen Film.«

Ich war so sauer, dass ich mich drei Tage lang weigerte, mit ihr zu reden. Ich schickte meinen Entwurf an Sony, doch die Frau dort ließ nichts von sich hören.

Etwa zur gleichen Zeit, als ich vom Ritzen meines Körpers zum Ritzen meines Gesichts »aufstieg«, begann ich mir schreckliche Sorgen zu machen um die psychische Verfassung von Menschen, die ich noch nie getroffen hatte.

»Es wäre mir lieber«, sagt Dr. R in der Woche vor meinem Suizidversuch, »wenn Sie Robert Downey junior keine Päckchen mehr ins Gefängnis schickten.«

»Aber ich habe nun mal das Gefühl, dass ich ihn retten kann, nur ich allein. Deshalb schicke ich ihm Mixtapes von Musik, die ihm gefallen wird.«

»Statt Mixtapes an Robert Downey zu schicken –«

»Junior!« Ich betone es, als würde es mein Tun irgendwie rechtfertigen, denn welcher Schwachkopf würde schon ungebetene Päckchen an einen Mann wie Robert Downey *senior* schicken?

»Junior«, räumt Dr. R ein. »Bitte schicken Sie sie in Zukunft an mich.«

Also gebe ich ihm ein Mixtape. Und ich schicke meinem Dad eins. Und dann versuche ich, mich umzubringen.

13. Mai 2008

Ich lernte Dr. R auf dem College kennen und weiß noch, dass ich damals fand, wenn der Begriff »Universalgenie« auf jemanden passte, dann auf ihn. Er war damals Medizinstudent im Vorbereitungsjahr, mit Kunst als Nebenfach, der Ballspiele liebte und viel lachte. Er war schon damals eine herausragende Persönlichkeit, und das Schöne an ihm war, dass alles, was er intellektuell und körperlich tat, von Freude und Optimismus geprägt war.

Ich erinnere mich nur an einen Augenblick des Zweifels bei ihm, als er von seiner Propädeutikumsprüfung zurückkam und sich wunderte, dass es die ganze Zeit nur um Kunst gegangen war. Wir anderen, die auf ihn gewartet hatten, um zu hören, wie es ihm ergangen war, versicherten ihm, dass das ein äußerst gutes Zeichen war, denn es schien zu bestätigen, was wir alle wussten – dass sein Enthusiasmus ansteckend und er ein vielschichtiger Geist war, kein engstirniger Workaholic, der sich nur für Labore und organische Chemie interessierte.

Für Dr. R war die Gegenwart voller Freude und die Zukunft voller Hoffnung. Aber er war keineswegs naiv. Er war auch ein nüchterner Realist und verträumter Skeptiker. Sein Vertrauen in die Zukunft wurzelte in dem festen Glauben, dass man seine Hoffnungen realisieren konnte, wenn man sich nur genügend anstrengte. Zwölf Jahre nach dem College zögerte Dr. R keine Sekunde, auf den Anruf eines Freundes hin aktiv zu werden, und er half mit, mein Leben zu retten. Er handelte prompt, gelassen und souverän – und mit seiner üblichen, untrüglichen, stets präsenten, treffsicheren Hingabe an die Hoffnung. Ich war nie Dr. Rs Patient, doch ohne ihn als Freund wäre ich heute nicht mehr am Leben.

B (NEW JERSEY)

## 3. Kapitel

Als ich nach New York zog, wohnte ich an der Ecke Bleecker und 11th Street. Später sollte der Block durch drei Marc Jacobs Stores, einen Ralph Lauren Shop und die Magnolia Bakery verschandelt werden (die wir »Bäckerei Studio 54« nennen, weil die Warteschlangen so lang sind und Security-Typen davorstehen, um die Massen zu bändigen). Doch im Jahr 2001 ist das Magnolia noch nicht so voll, besonders am Morgen, wenn ich dort mein tägliches Brötchen frühstücke, eigentlich einen verkappten Kuchen. Der Kaffee im Magnolia ist wie trübe Tränen, aber immerhin lockt er mich aus dem Haus. Nebenan sind das Moondog-Café und ein Esoterikladen. Dann gibt's da noch ein schlecht ausgeleuchtetes Blumengeschäft, dessen Besitzer immer brüllt: »Ich mache euch einen Strauß, wie Gianni Versace ihn für seine Lieblingsnichte binden würde!« Daneben ist ein Buchladen, *Biography*, wo sie ihren Golden Retriever wie Marlon Brando für Halloween verkleiden (weißes Shirt mit V-Ausschnitt und eine Schachtel Marlboro im Ärmel. Er ruft zwar nicht »Stelllaaaa!« wie in *Endstation Sehnsuch*t, kann aber grässlich laut bellen).

*Bad Boyfriend* isst gern spätabends in dem marokkanischen Restaurant in der Avenue B. Als er bei unserem ersten Date seine Jacke aufhängt, fällt mir auf, dass sie von Helmut Lang ist, und *ihm* fällt auf, dass PRINZESSIN in den Anhänger meiner goldenen Kette eingraviert ist. Aber wie eine Prinzessin fühle ich mich nicht. Oder – besser gesagt – ich fühle mich wie eine pummelige, unbehagliche, eingesperrte Prinzessin. Wie Chelsea Clinton damals im Weißen Haus. Da ich nicht weiß, wer oder was ich bin, trage ich eine Trainingshose, altmodische

Nikes und dazu einen sexy, hautengen Gina-Lollobrigida-Pulli. Ich befinde mich irgendwo zwischen Kind und Vamp. Meine braunen Haare sind kurz geschnitten, was mich wie ein Kobold aussehen lässt, mit blonden Strähnchen und orangefarbenen Spitzen. Ich möchte wie Roxy aussehen, die Schildpattkatze, die ich als Kind hatte. Oder wie eine tote Katze. Oder wie eine ältliche Filmschauspielerin, für die sich niemand mehr interessiert und die noch nie sehr beliebt war. Ich wollte herausfinden, wie zum Teufel ich überhaupt aussah. Ich beneidete Frauen mit unverwechselbaren Frisuren, unverwechselbaren Parfüms, profilneurotischen Ticks. Romanschriftsteller, die dem Reporter der *Vogue* erklären: »Ohne mein Smythson-Notebook, Pomegranate Noir Cologne von Jo Malone und Bettwäsche der Luxusmarke Frette kann ich nicht leben.« Wenn man kurz vor dem Wahnsinn steht, kann man Materialismus für ein vortreffliches Glaubenssystem halten.

Jedenfalls finde ich, dass Bad Boyfriend sein Leben echt im Griff hat. In dem einzigen Liebesbrief, den er mir je geschickt hat, steht:

*Selbst wenn ich alle PRADA-Shops auf der Welt kaufen könnte, brächte das nicht annähernd zum Ausdruck, was ich für das Bärchen empfinde, das sich in dieser großen Welt verlaufen hat.*

Aber letztendlich spielt er keine große Rolle, Bad Boyfriend. Seine Nummer liegt nicht in dem Karton mit meinen Souvenirs: Ich habe die Zettel mit den Nummern der Großen Drei aufbewahrt, jeweils am Abend des Kennenlernens geschrieben. Mit jedem von ihnen war ich zusammen, von dem Augenblick an, in dem wir uns trafen. Bad Boyfriend dagegen war das Ergebnis dieser hässlichen, amerikanischen Erfindung – Dating: Liebesaffären als Ableger von Buchführung.

Bei unserem ersten Date verbrenne ich mir am Couscous die Zunge und spucke in seine Hand. Er kippt vor Schreck fast um. Trotzdem sehen wir uns wieder. Eines Abends gibt er mir Gras, und ich inhaliere zum ersten Mal und werde für die nächsten zwölf Stunden zum Zombie. Ich erinnere mich, wie Bad Boyfriend mir in seiner Wohnung, einem langen Schlauch, von dem links und rechts Türen abgehen – nur durch einen IKEA-Vorhang von seinem Mitbewohner getrennt –, das Oberteil auszieht und mich betrachtet, meine Brüste einfach nur betrachtet, ehe er sie berührt und dann knetet. Danach schleppt er mich aus dem Haus und zwingt mich, etwas zu essen. Ich bekomme gerade mal einen Löffel Suppe hinunter und liege dann auf dem Boden des marokkanischen Lokals und kotze. Eine Menge! Er zieht mich auf die Füße, und ich kotze auf den Teller eines anderen Gasts. Als wir fluchtartig das Lokal verlassen, drückt er mir den esoterischen Prospekt vom Anschlagbrett des Restaurants in die Hand, auf dem steht: »Wenn du einen Engel brauchst.« Wie süß! Ich habe ihn bis heute. Das war eine nette Geste. Böse Menschen tun oft *eine* gute Sache. In meiner Erinnerung war diese Geste so etwas wie Bad Boyfriends Miniatur-Version von Nixon und China.

Weitere Sachen, die ich aufbewahre: Unmengen von Fotostreifen aus Passbildautomaten.

Da ich immer mehr das Gefühl habe, nicht in diese Welt zu gehören, bin ich fasziniert, als ich merke, dass sich meine Rippenbögen immer mehr abzeichnen. Es ist mir bewusst, dass ich sterben werde. Von der anderen Küste Amerikas ist mein Gypsy Husband bereits im Anflug, doch davon weiß ich noch nichts.

Es gibt immer noch viele Gründe, wach zu bleiben, und das sind hauptsächlich Menschen, die mit metaphorischen Ohrfeigen zu allen möglichen Tageszeiten dafür sorgen, dass ich bei Bewusstsein bleibe. Da ist Teeter mit ihren pinkfarbenen Haaren, den grünen Augen und ihrem Kult rund um den Teenie-Abenteuerfilm *Die Goonies.* Sie steht auf der Feuerleiter und zitiert aus ihm, als wäre es ein Skakespeare'scher Monolog: »Begreifst du? Wenn du das nächste Mal den Himmel siehst, dann wird es über einer anderen Stadt sein. Wenn du das nächste Mal einen Test machst, wird es an einer anderen Schule sein. Unsere Eltern wollen nur das Richtige für uns tun. Aber im Moment müssen sie tun, was für sie *selbst* richtig ist. Weil es ihre Zeit ist. Ihre Zeit! Dort oben! Hier unten ist unsere Zeit. Und alles ist vorbei in der Sekunde, in der wir in die Kiste springen!«

Sie ist so verrückt nach diesem Film, dass sie später nach Oregon zieht, in die Stadt, in der er gedreht wurde. Im Moment aber wohnt sie noch neben mir. Über unsere gemeinsame Feuerleiter können wir uns gegenseitig ins Schlafzimmer klettern. In New York schafft eine gemeinsame Feuerleiter mehr Nähe als ein gemeinsamer Orgasmus.

Zu meinen anderen Freundinnen gehört Bianca, eine bildhübsche Chilenin aus Queens, die auf Run-D.M.C. und die Ramones steht. Sie kauft zwanghaft Babyklamotten. (Zehn Jahre später, nach x Fehlgeburten, bekommt sie endlich ihr erstes Kind. Dem kauft sie natürlich komplett neue Sachen.)

Angela hat eine Abneigung gegen Leute, die nicht *metal* genug sind und Mötley-Crüe-Shirts nur deshalb tragen, weil sie cool sein wollen, und nicht, weil ihnen Mötley Crüe etwas bedeutet.

Shannon ist ganzheitliche Chiropraktikerin, die ihre energetischen Behandlungen auch durchführen kann, wenn man nebenher einen Mojito trinkt und *Us Weekly* liest.

Sarah Bennett, aka SB, hat eine Frida-Kahlo-Puppe auf ihrem Sofa sitzen und ein Foto der Schriftstellerin und Fotografin Eudora Welty über ihrem Bett hängen. SB und ich sind sehr unterschiedlich. Das beste Beispiel, das mir dazu einfällt, sind unsere unterschiedlichen Reaktionen, als wir damals bei Whole Foods im Gang mit den Eiscremes waren und *Rhythm is a Dancer* aus der Musikberieselungsanlage kam. SB ließ ihre Einkäufe fallen und rannte peinlich berührt aus dem Geschäft, ich blieb und begann zu tanzen. Einmal, in einer öffentlichen Toilette, entdeckte ich einen Stinker *auf* der Klobrille! Ich schrie wie am Spieß und wurde halb ohnmächtig, und die arme SB musste mich förmlich nach Hause schleppen.

Peter wohnt nebenan. Er ist Skateboard-Fotograf. Er kommt immer rüber, wenn es etwas zu töten gibt. Was genau dieses Etwas ist, kann ich nicht sagen – sobald ich kleine Tierchen in den Stapeln alter Zeitungen, die praktisch in meinem ganzen Apartment herumliegen, rascheln höre, renne ich zu ihm und läute Sturm.

Karen ist eine alte Freundin von Bad Boyfriend aus Kindertagen, und da er sie nicht mehr haben will, habe ich sie übernommen. Sie ist intelligent und nett und lustig und sehr, sehr hilfsbedürftig, aber niemand will etwas von ihr wissen, selbst ihre eigene Familie nicht, und das bricht mir fast mein verdammtes Herz.

Etliche von Mums Mitbewohnerinnen vom College leben in New York. Ich habe die bereits erwähnte Familie. Ich habe also viele Anlaufstellen. Doch wenn ich meine Familie dann mal besuche, rede ich kaum und entschuldige mich nach einer Weile, weil ich mich kurz hinlegen muss.

Ich gehe oft ins Century 21, den Discount-Klamottenladen im World Trade Center, weil er schon morgens um sieben Uhr aufmacht und ich die vielen Stunden des Tages irgendwie totschlagen muss. Ich lasse mich von Raum zu Raum treiben und frage vor den Umkleidekabinen andere Frauen nach ihrer Meinung. Ich kaufe Sachen, zum einen, weil ich einen Grund zum Reden brauche, zum anderen aber auch, weil ich bei Schnäppchenpreisen einfach nicht widerstehen kann, selbst in der tiefsten Depression.

Bad Boyfriend und ich trennen uns irgendwann, und ich gehe heulend ins Shopsin's, das inzwischen umgezogen ist. Früher lag das Restaurant in Greenwich Village, an der Ecke Norton und Bedford Street. Der eigenwillige Besitzer, Kenny Shopsin, warf manche Gäste hinaus, wenn sie ihm nicht gefielen oder ihm ihr Verhalten/ihre Nase nicht passte. Tag für Tag aß ich seine Eier-und-Käse-Enchilada-Matsche mit dem schönen Namen »Blisters on my Sisters«. Es war verrückt. Alles war verrückt. Es gab keinen Bezugsrahmen für meine Verrücktheit, weil alle meschugge waren. Aber sie alle funktionierten, und ich merkte nicht, dass ich es nicht tat. »Du bist wie Marilyn Monroe«, sagt Kenny zu mir, und ich nehme es als Kompliment und bedanke mich kichernd. »Moment mal«, fügt er hinzu, »du bist wie ein Kätzchen mit höllisch scharfen Krallen. Die Männer sind hinter dir her, weil du sexy und kaputt bist, und wenn es ihnen mit dir zu anstrengend wird, können sie sagen: ›Hey, dieses Spielzeug ist ja kaputt!‹, und werfen dich ohne Gewissensbisse weg.«

Diese Bemerkung macht mich trauriger als alles, was ich je gehört habe.

Abends gehe ich in ein Soul-Food-Restaurant namens Pink Tea Cup, um die Stunden, in denen ich wach bin, zu füllen und damit ich mich nicht so einsam fühle. Ich esse Pekan-Pancakes. Rund um die Uhr frühstücken zu können, gibt mir irgendwie Hoffnung. Ein Neubeginn um Mitternacht. Die Jukebox dort ist erstaunlich gut bestückt, und ich lerne, welche die längsten Songs sind, die ich für meinen Vierteldollar kriegen kann. Es gibt Roy Ayers' *Everybody Loves the Sunshine*, Donny

Hathaways Coverversion von *Jealous Guy* und *Living for the City* von Stevie Wonder. Es ist ein eisiger Februar. Der Koch und die Kellnerin vom Pink Tea Cup, die Nachtschicht haben, lassen mich bei Boggle mitspielen.

Ich glaube, die Tatsache, dass die Straßen in New York nummeriert sind, hält mich für eine geraume Zeit am Leben. Einfach nur gehen. Sich einfach nur bewegen. Obwohl ich mich viel ritze, ist immer auch ein Gefühl von Schmerz und Leistung da, und natürlich auch ein Hochgefühl, wenn ich über den Asphalt stapfe. Von der 11th zur 86th Street, von der 1st zur 10th Avenue.

Ich höre mir *The River* von Bruce Springsteen an, immer und immer wieder. Ich denke an Ophelia. Bei jedem Schritt spüre ich ihr schweres, tropfnasses Kleid.

Manie ist ein Fluss, der sich einem Wasserfall nähert, Depression ein stehendes Gewässer. Tote Dinge schwimmen darauf herum, und das Wasser ist so blauschwarz wie deine Lippen. Du verhältst dich ganz ruhig, weil das, was dein Bein streift, dir solche Angst macht (obwohl da vielleicht gar nichts ist, aber dein Verstand hat sich schon verabschiedet). Deshalb liegt man nur im Bett. (In der Mitte, mit meiner dunkelblauen Bettwäsche. Die silbrigen Vorhänge nicken der Manie aufmunternd zu. Früher gefielen sie mir mal.) Meine Büstenhalter hängen hinter meinem Bett an der Wand, gekreuzigt für meine Sünden. Ich besitze sechsunddreißig BHs. Ich habe sie gezählt. Ich halte mir die Hände vor die Brüste, in den Tagen, Wochen und Monaten, die ich im Bett verbringe, als könnte sie mir jemand stehlen.

Obwohl ich nur ein kleines Apartment habe (allerdings ist in der Mitte eine durchgezogene Wand, um die Illusion von zwei Zimmern vorzutäuschen), nehme ich mir eine Mitbewohnerin. Ich kann mich echt nicht mehr erinnern, warum ich das tat. Vielleicht weil ich weiß, dass ich unter Aufsicht gehöre.

Doch sie ist nur äußerst selten da, weil ihr Leben so voll ist. Sie ist ständig damit beschäftigt, ihre Freiheit zu genießen.

Sie ist ebenfalls eine Engländerin in New York, hat eine sehr individuelle Frisur (weißblond gefärbte Haare, die sie auf dem Kopf zusammenbindet) und einen Lieblingsspruch: »Love it!« Ihr Kram ist im ganzen Apartment verstreut: unglaublich teure Schuhe, eine coole, pinkfarbene, aufblasbare Gitarre und Handtaschen, um die selbst Mary Poppins sie beneiden würde.

Ich bin sehr, sehr dünn. Als ich merke, dass ich keine Kurven mehr kaschieren muss, trage ich türkisfarbene Leggings im Leopardenprint zu einem Pyjamaoberteil und knöchelhohe Converse, oder Leggings mit Overkneestrümpfen zu abgeschnittenen Jeans mit Ballettschuhen, die mit Smiths-Lyrics bekritzelt sind. Die Leute sprechen mich auf der Straße an. Zum ersten Mal in meinem Leben bin ich eine *Fashionista*.

Dann passieren ein paar Dinge hintereinander. Skateboard-Peter ist nicht da, als es eine Wasserwanze zu killen gibt. Als ich auf der Suche nach ihm durch die Straßen renne, treffe ich auf einen Schriftsteller, den ich sehr bewundere und der mein Buch hoch gelobt hat. »Hey, ich bin Emma Forrest.«

»Oh, hey, Emma!«

»Danke für die tolle Kritik.«

»Ich mochte das Buch wirklich.«

Ich nehme allen Mut zusammen. »Kommen Sie bitte mit zu mir hoch und killen eine Wasserwanze für mich?«

Er beäugt mich, als sei ich selbst eine Wasserwanze. »Nein.«

»Nein?«

»*Nein*. Ich will nicht in Ihr Leben hineingezogen werden.«

Eine Freundin verabredet sich mit mir fürs Kino und bringt den unsagbar schüchternen Comedian Garry Shandling mit. Hinterher fällt mir auf, dass er seine Schuhe nicht zugeschnürt hat. Ich schaue ständig weg, an die Randbereiche der Menschen, nicht in ihre Augen. Manchmal auf ihren Mund. Mit der Traurigkeit kommt auch das Wegsehen. Wortlos bücke ich mich und binde ihm die Schnürsenkel. Kaum richte ich mich wieder auf, läuft er davon, so schnell er kann. Meine Freundin ist sauer. Ich bin verrückt, verrückter als jeder Comedian.

Das dritte Ereignis ist, dass ich durch Zufall Sam treffe, den Freund eines Freundes, der schon ewig hinter mir her ist. Ich hatte aber kein Interesse und einen festen Freund. Inzwischen habe ich keinen festen Freund mehr und gehe allein auf Partys. Ich erzähle ihm, dass ich Single bin. »Du kannst mich also küssen.«

»Nein, danke«, antwortet er. Er schaut zuerst mich an, dann auf den Boden. »Ich will nicht mehr.«

Der vierte und letzte Punkt ist, dass ich mir *Ghost Dog* anschaue, den Film von Jim Jarmusch, in dem Forest Whitaker den afroamerikanischen Auftragskiller im Dienst der Mafia spielt, der nach dem Kodex der Samurai tötet. Nur ich bin so bescheuert, Forest Whitaker eine so entscheidende Rolle bei meinem Entschluss zu sterben zu übertragen. Als er viele Jahre später seinen Oscar bekommt, sage ich zum Bildschirm: »Ich will die siebentausend Dollar wiederhaben, die ich deinetwegen ans St Vincent's Hospital zahlen musste, du Mistkerl!«

Versuch ja nie, dich umzubringen, wenn du nicht krankenversichert bist, denn wenn du überlebst, bist du so hoch verschuldet, dass du nur noch sterben willst. Das bespreche ich lang und breit mit Dr. R. Denn nachdem ich es getan habe, kann ich mir die Therapie bei ihm nicht mehr leisten. Er reduziert sein Honorar und belässt es dabei bis zum allerletzten Jahr meiner Sitzungen.

Vor dem eigentlichen Abschiedsbrief schrieb ich noch eine »Prä-Suizid-Botschaft«, eine Art Aperitif, wenn man so will. Ich schicke meinem Dad den Fotostreifen aus einem Passbildautomaten, auf ein Blatt Papier geklebt, und schreibe daneben: »Emma liebt Daddy.«

Ich kann mich nicht mehr erinnern, dass ich sie abgeschickt habe.

Dads Antwort trifft erst ein, als ich aus dem Krankenhaus entlassen werde, und wurde abgeschickt, bevor er wusste, dass ich dort landen würde. Er hat die Bilder kopiert, dann umgedreht und sich selbst auf mein Gesicht gezeichnet – seinen Bart, seinen Glatzkopf –, mit dem Zusatz: »Und Daddy liebt Emma.«

# 4. Kapitel

Mit dreizehn dachte ich zum ersten Mal daran. Wir hatten ein großes Badezimmer mit einem Gemälde, so breit wie eine ganze Wand, mit Pfauen und Paradies- und Dschungelvögeln und hohem Gras, nach Art von Gauguin. In meinem Zimmer gab es ebenfalls ein großes Bild: Mein Vater hatte mir geholfen, die riesigen Lettern auf die Wand zu malen: D.A.I.S.Y. – was für »Da Inner Sound Y'all« stand, das Motto der Hiphop-Gruppe De La Soul, die erste Band, in die ich mich verliebte. Am Anfang ihres Albums *3 Feet High and Rising* hatten sie einen satirischen Sketch über eine nachgestellte Quizsendung, in welcher der unechte Moderator seinen unechten Gästen unsinnige Fragen stellt: »Wie viele Federn sind an einem Brathähnchen der Firma Perdue?« – »Wie viele Fasern hängen in einem geschroteten Weizenplätzchen aneinander?« – »Was bedeutet *Toosh et leh leh pu*?« – »Wie oft hatte das Batmobil einen Platten?« – »Gut, wir lassen die Kandidaten jetzt in Ruhe überlegen und sind gleich nach der Werbung wieder für Sie da!«

Wegen des wunderschönen Wandgemäldes hielt sich meine Familie öfter im Bad auf als im Wohnzimmer. Viele Gespräche fanden im Bad statt, während Dad in der Wanne lag, der Schaum und ein origineller Zeitungshalter seine Männlichkeit verbargen und er den *Independent* las. Mum stand vor dem Spiegel und benutzte etwas, das wie ein erhitzbares Lichtschwert aussah, um aus ihren Kräusellöckchen dicke, prachtvolle Locken zu zaubern. Lisa kam oft angeschlichen und sagte: »Das ist nicht *fair*! Es ist nicht *fair*!«, denn obwohl sie erst neun war, fungierte sie hauptsächlich als Hüterin der Gerechtigkeit. Ich weiß noch, wie ich – obwohl ich dafür eigentlich schon viel zu groß war – im Bad ein Stück Seife aufaß, das die Form von Fozzie-Bär aus der *Muppet Show* hatte, den ich so sehr liebte, dass ich ihn auffressen wollte, obwohl mir davon kotzübel wurde. Damals kannte ich die Redewendung »seinen Schatten vorauswerfen« noch nicht.

Und ausgerechnet an diesem sakrosankten Familientreffpunkt drehte ich eines Tages den Messingschlüssel im Türschloss um und kletterte auf einen Stuhl, um an das Arzneischränkchen heranzukommen, in dem Mum ihr Valium aufbewahrte. Noch auf dem Stuhl stehend, schüttete ich die Tabletten in meine hohle Hand und wog sie prüfend ab, als könnten sie mir irgendwelche Lebensweisheiten vermitteln. Doch weil ich sie nicht sprechen hörte, legte ich mir sechs der Tabletten auf die Zunge, ließ sie dort liegen und wartete auf ihre Botschaft. Ich schluckte sie nicht, wartete aber ein paar Minuten lang darauf zu sterben, zumindest halbwegs. Ich bin nicht gestorben. Ich spuckte sie aus und ließ sie wieder ins Fläschchen fallen. Dann schraubte ich den Deckel wieder zu, drehte leise den Schlüssel zurück und ging zum Abendessen nach unten.

Frauen nehmen fast immer Tabletten. Frauen suchen das sanfte Wegsickern, wie bei klassischem Soul, wenn die Lautstärke einer Otis-Redding-Platte langsam heruntergedreht wird, bis er ganz fort ist. Was geschieht nach dem Ausblenden? Was machen die Musiker in diesem Raum? *Holt mich dorthin. Holt mich dorthin.*

# 5. Kapitel

Manhattan erdrückt mich, als ich nach dem Film *Ghost Dog* nach Hause gehe, Hand in Hand mit dem Gedanken an Selbstmord. Der Selbstmordgedanke ist maskuline Energie, mit manikürten Nägeln wie ein Mafioso. Er trägt ein warmes Jackett, das er mir um die Schultern legt, denn er selbst spürt die Kälte nicht.

Erinnern Sie sich an die Szene in *GoodFellas – Drei Jahrzehnte in der Mafia*, in der Robert De Niro mehrmals zu Lorraine Bracco sagt: »Dort in der Lagerhalle ist ein Kleid für dich. Ja, dort, geh schon, geh einfach hinein!« Und sie weiß, dass sie umgebracht werden soll, und geht nicht hinein. Der Selbstmordgedanke lockt einen mit schönen Worten hinein, und obwohl du weißt, dass es nur Süßholzgeraspel ist und was dich erwartet, willst du unbedingt in diesen Raum.

Der Selbstmordgedanke, ganz Gentleman, hält mir die Tür auf. In der Wärme meines Apartments nehmen wir meinen Rasierer und beginnen gemeinsam mit dem Ritzen, so, als würden wir in einer Bar zusammen etwas trinken. *L'chaim* – »Auf das Leben!« Ich schaue noch einmal hin und plötzlich ist SMG ein Manager, der wichtige Dokumente mit mir durchgeht, während ich mir mit dem Rasierstift das Blut aus der Haut hole. »Unterschreib hier. Und hier. Und dann hier noch einmal!«

Der Selbstmordgedanke ist ein großer Schmeichler. »Du bist sehr hübsch«, sagt er, und ich glaube ihm errötend, denn das Licht dieses Gedankens lässt all meine kleinen Makel verblassen. Später wird GH sagen: »Du bist klasse im Bett und wunderschön, aber solche Dinge sind dir ja egal«, und innerlich lache und lache ich, weil ich merke, wie unverfroren der Selbstmordgedanke an meine Eitelkeit appelliert.

Ich lege mich aufs Bett. Die breite Matratze ist mit Papierkram übersät, mit Büchern, Zeitungen, einer Wasserflasche, Tabletten und Pillen. Tabletten, die schon bereitliegen, nur warten, wieder einmal. Die Tabletten fangen an zu wirken. Wie angenehm, denke ich, wie der Moment, wenn man in eine warme Wanne steigt, oder der Moment, wenn ein Mann zum ersten Mal in dich hineingleitet.

Und dann kommt der Gezeitenwechsel, und wenn sich das Wasser zurückzieht, sieht man auf dem Meeresboden Dinge liegen, die man dort nie vermutet hätte: rostige Büchsen, leere Colaflaschen, in Plastik erstickte Seevögel. Und plötzlich ist es nicht mehr angenehm.

Irgendwo dazwischen ist eine Glocke, vielleicht ein Kind, das Triangel spielt. Ich greife danach, damit das Bimmeln aufhört. Es ist das Telefon. »Hallo«, sage ich aus dem Ozean.

Es ist meine Mutter. »Emma? Emma? EMMA! Was hast du getan?«

Wie kann sie einen Krankenwagen rufen? Das braucht sie nicht. Sie hört meine Mitbewohnerin nach Hause kommen. Ich habe das Telefon fallen lassen und mich in den Koffer verkrochen, um dort ohnmächtig zu werden. Mum ist noch am Telefon und hört alles. Sie hört den Aufschrei meiner Mitbewohnerin. Sie hört sie mit dem Handy die 911 anrufen. Sie hört das Eintreffen der Sanitäter. Sie bleibt in der Leitung. Sie geht nicht weg. Meine Mum ist bei mir, trotz allem.

Schließlich legt sie auf, um ein Flugticket zu buchen, damit sie noch am gleichen Abend bei mir sein kann. Sie fliegt durch die Nacht, genau wie ich auch, und am nächsten Morgen sind wir zusammen in einem Zimmer im Krankenhaus. Mühsam öffne ich meine verklebten Lider. Ein intravenöser Schlauch führt von meinem Arm zu einem Tropf. Ich bin in einem Bett, Mum sitzt auf einem Stuhl, und es ist noch jemand da, eine Sitzwache, wie bei Selbstmordkandidaten üblich. Ist es die Haitianerin oder die betrunkene Nonne, die in den ersten Stunden bei mir saß?

E-Mail von Mum an Dad:

*Betreff: Dies und das*
*Es ist Mitternacht hier, und ich habe gerade mehrere Stunden lang geputzt, damit ich wenigstens Luft bekomme. Alles wie gehabt.*
*Im Moment wissen sie noch nicht, was sie mit Emma machen sollen. Morgen Vormittag wird sich der Psychologe des St Vincent's mit Emma unterhalten. Kann sein, dass sie sie noch hierbehalten möchten, aber ich denke, ich werde versuchen, sie mitzunehmen. Ich weiß nicht, was es kostet, aber das werde ich morgen früh bestimmt erfahren. Sie kennen sie ja nicht und werden sich auf ihre Vorschriften berufen, aber das behagt mir ganz und gar nicht. Ich bin dafür, dass sie von ihrem eigenen Therapeuten betreut wird und von dem Pharmakologen, von dem sie die Medikamente bekam, die ihr während der letzten achtzehn Monate ganz gut geholfen haben. Wir sollten herausfinden, wie es dazu kommen konnte. Im Laufe des morgigen Tages werde ich mehr erfahren.*
*Sie sagt, sie müsse unbedingt weiterarbeiten. Körperlich geht es ihr ganz gut.*
*Es wäre gut, wenn du schon mal mit der AMEX-Versicherung sprichst – vielleicht kommen wir damit durch, wenn wir sagen, es sei ein psychiatrischer Unfall gewesen, und wir sie wieder nach England holen. Eine weitere Behandlung hier in den USA werden sie garantiert nicht bezahlen.*
*Und vergiss bitte nicht, den Müll rauszustellen und alles einzufrieren, was du nicht aufbrauchst. Ich werde vermutlich bis*

*Sonntag bleiben und dann mit Emma zusammen den Flug nehmen, den du gebucht hast.*

*Ich habe meine Ohrstöpsel vergessen.*

*Alles Liebe von mir und auch von Emma*

Während ich noch im Krankenhaus liege, geht die freundlose Karen mit Mum zum Abendessen ins Pink Tea Cup. Ich weiß, dass Karen sich gern nützlich macht. Sie ist jemand, der Feuer liebt und mithilft, es zu löschen.

Mai 2008
Euer Vater/Ihr Ehemann half mir, clean zu werden. Er war ein herzensguter Mann. Es tut mir so leid …
D (NEW YORK, NY)

# 6. Kapitel

In den ersten Tagen nach meiner Entlassung aus dem Krankenhaus bin ich total klar im Kopf. Ich bin gut drauf und freue mich meines Lebens. Nicht aus Dankbarkeit. Ich habe einfach nur mit Erfolg eine andere Stimmung angeknipst. Für kurze Zeit.

SB und Teeter bleiben mir treu. Doch der Selbstmordversuch kostet mich einige Freunde.

»Das ist verständlich«, erklärt mir Dr. R. »Sie haben Angst. Was Sie getan haben, macht anderen Angst.«

Ich verstehe nicht, warum ich von Partys ausgeladen werde. Ich sehe da keinen Zusammenhang.

Nach so etwas kann man nicht einfach in sein Leben zurückfallen wie jemand, der mit Monokel und Zylinder unter der Tür steht und sagt: »Hallo Leute! Ich bin nach meinem missglückten Selbstmordversuch zufällig gerade in der Gegend und wollte kurz auf einen Cocktail vorbeischauen!«

»Überrascht es Sie, dass manche Leute Ihnen aus dem Weg gehen?«, fragt mich Dr. R.

»Ich glaube, sie sind nur neidisch. Bestimmt haben sie auch schon daran gedacht. Aber ich habe es getan!«

»Na ja, es ist nicht direkt eine Heldentat.«

»Stimmt, ich habe ja auch versagt.«

Dann gibt es Leute, die den Suizidversuch benutzen, um meine Nähe zu suchen, exzentrische Einzelgänger, die vom Rande ihres Abgrunds aus in deinen schielen. Karen zum Beispiel ruft ständig an.

Dr. R will mich nach Connecticut ins Silver Hill schicken, ein psychiatrisches Reha-Zentrum. Doch da ich zu den 44 Millionen Amerikanern ohne Krankenversicherung gehöre, kann ich die dreißig Riesen nicht aufbringen. Wenn ich bei dem Therapiegespräch im Krankenhaus als Gefahr für mich selbst eingestuft werde, werden sie mich ohnehin einweisen und ich kann sehen, wie ich die dreißig Riesen zusammenbringe, oder es mit einer Klage versuchen. Mum und ich beschließen, dass ich mit nach London fliege, aber eigentlich habe ich keine Wahl, der englische staatliche Gesundheitsdienst ist die einzige Option.

Wäre das nicht ein guter Werbespruch für das britische nationale Tourismusministerium: »England: Wenn Sie keine andere Wahl haben.«

Mum fliegt schon mal voraus, um herauszufinden, was für eine Behandlung im Land von »Oh, zieh endlich deine Strümpfe hoch!« für mich möglich ist.

Nur mit Handgepäck komme ich am Flughafen an. Meine Eltern sind nicht da. Dad ist an der Verspätung schuld, weil er Angst hat, glaubt Mum. Also stehe ich in der Ankunftshalle von Heathrow, habe keine Ahnung, wo meine Familie steckt, und weiß nicht mehr, wie man ein öffentliches Telefon benutzt. Mit dem englischen Geld komme ich nicht mehr klar. Ich kann mich nicht an die Telefonnummer meiner Eltern erinnern. Also setze ich mich im Flughafen auf den Boden und flenne. Beim Heulen schwellen die Narben an meinem Hals an. Als meine Eltern endlich eintreffen, ist Dad sehr kleinlaut. Er kann mich nicht anschauen.

Ich fahre mit ihnen nach Hause. Wenn ich mich recht erinnere, verkrieche ich mich ins Bett, und Mums Katzen kommen, um mich zu trösten. Doch das kann nicht stimmen, weil unsere Katze, Roxy, seit zehn Jahren tot ist, und Mum darf erst Jahre später wieder Katzen haben, nachdem Lisa Dad endlich überredet hat. Folglich legt sich niemand auf mich, außer meine eigene Panik.

Mum überlegt noch, wo ich ambulant in Behandlung gehen könnte, als ich am ersten Morgen bei ihnen aufwache, eine Tasse Tee trinke und dann das Badezimmer verwüste. Damit ist die Sache mit der ambulanten Behandlung gegessen. Ich nahm das ganze Bad auseinander. Ich schrieb alle Wände voll, sogar die Decke. Wie? Wenn man wahnsinnig wird, ist man zu denselben, eigentlich unvorstellbaren Sachen fähig wie ein Betrunkener. Keine Ahnung, wie ich an die Decke kam. Ich war wie im Delirium und total schockiert, als es vorbei war und ich sah, was ich angerichtet hatte. Mum bekommt es mit der Angst zu tun. »Dein Vater wird ausrasten!« Wenn man selbst neben der Spur ist, bringt man auch andere aus der Spur – so ähnlich, wie wenn man jemanden gähnen sieht. Es ist ansteckend. Doch Dad rastet nicht aus. Er kommt früher als sonst von der Arbeit. Schweigend begutachtet er das Badezimmer, als wäre es eine künstlerische Installation. Als er wieder herauskommt, weint er.

»Es sind ja nur Dinge.«

Er nimmt mich in den Arm.

»Wie können wir dir helfen? Was sollen wir tun?«

Ich liebe ihn so sehr. Doch ich muss sagen: »Weiß nicht.«

Ich bekomme kaum noch ein Wort heraus. Ich bin in Trance. Nur jemand mit einem tiefen spirituellen Bewusstsein kann in einer solchen Trance sein wie ich, die ich mich so absolut verloren fühle. An diesem Abend essen wir in einem Restaurant, und ich halte den Arm an den glühend heißen Radiator und versuche, wieder in meine Haut zurückzufinden, meinen Körper zu mir zurückzurufen (die Brandwunden, die ich mir zufüge, sind mein Batman-Signal am Himmel). Doch ich finde nicht zu mir zurück. Und am nächsten Morgen werde ich ins Krankenhaus gebracht.

Ich weiß nicht mehr, wie wir zum Priory Hospital kamen (wie ein Betrunkener oder ein Patient, der aus der Narkose aufwacht, erinnert man sich zwar an das Wo, nicht aber an das

Wie). Ich weiß aber noch genau, dass mich ein chinesischer Krankenpfleger aufnahm, der richtig sauer wurde, weil ich seine Fragen nur einsilbig beantwortete.

»Warum sie nicht spricht mit mir? Warum sie mich nicht mag?«, faucht er meine Mutter an.

»Ähm, sie hat gerade versucht, sich umzubringen.«

Beleidigt stürmt er hinaus, und eine Krankenschwester kommt, um ihn abzulösen.

»Unterzeichnen Sie hier«, wird meiner Mutter gesagt.

Und sie unterschreibt.

Nun bin ich offiziell aufgenommen, bis auf weiteres.

Ich war vor dieser erzwungenen Rückkehr länger nicht mehr in London gewesen, und die Zahl meiner Besucher hält sich in Grenzen. Und hängt eher vom Zufall ab. Selbst engste Freundinnen können nicht damit umgehen. Die Bekannten, die ich eher auf Abstand hielt, sehen es vielleicht als eine Möglichkeit, mich näher kennenzulernen, obwohl es im Moment kein »Ich« gibt, das sich dafür anböte.

Matthew – der »Hübsche Matthew«, ein Junge, den ich von meiner Zeit in Brighton her kenne – bringt mir eine McDonald's-Gürtelschnalle, die er im Abfall gefunden hat, und eine Ausgabe von *Gegen den Strich* von Joris-Karl Huysmans. Andrew – seinen Nachnamen weiß ich nicht mehr, aber ich weiß noch, dass wir mal ein Date hatten und ich ihm ein T-Shirt aus seinem Skateboard-Laden geklaut habe und dass er im St James's Park Goldschläger-Schnaps trank – bringt mir einen *Bruce-Springsteen-and-the-E-Street-Band*-Pullover aus einem Charity Shop mit. Und obwohl ich seinen Familiennamen vergessen habe, trage ich den Pulli die ganze Zeit. Er hat ein Loch über dem »E«, direkt über meinem Herzen. Andrew weiß, wie sehr ich Bruce Springsteen liebe (hab ich ihm vermutlich bei unserem Date erzählt). Ich bewundere den Kerl dafür, dass er seinem früheren Schwarm bis auf die psychiatrische Krankenstation folgt. Nachts höre ich mir *Human Touch* von Bruce und seiner Frau Patti auf dem Walkman an: Die Strophe mit »ein bisschen Verschönern und ein bisschen Farbe« bringt mich in eine Zeit zurück, in der ich mich als kleines Mädchen nach der Schule regelmäßig ins Badezimmer einschloss und mir das Gesicht bemalte – zuerst fachmännisch mit Eyeliner und Lippenstift –, um dann entschlossen eine fiese Clownsmaske daraus zu machen. Anschließend betrachtete ich die grässliche Fratze von allen Seiten. Danach wusch ich alles wieder ab und ging nach unten zum Abendessen. Vom Fratzenmalen bis zum Ritzen war es eigentlich nur ein kleiner Schritt. Wenn ich in der Zeit dazwischen ein schlimmes Wort hörte, schrieb ich es mir auf die Schenkel oder auf den Bauch und trug es unter meiner Schulkleidung zur Schülerversammlung. *Ficken, Fotze, Hure.* Vor diesen Versammlungen hatte ich immer Angst, weil ich mir sicher war, ich würde irgendwann aufstehen und die Wörter rufen, die auf meiner Haut standen.

Im Priory Hospital gibt es sehr viel verrücktere Menschen als mich. Die Hundefrau, die immer nur glotzt. Ich hielt Joan Crawford schon immer für eine großartige Schauspielerin, weil sie das Starren zu ihrem Markenzeichen machte, zu ihrem »Ding«. Die alte Frau dort ist aber mehr wie Eddie, der Hund aus *Frasier*. Sie starrt die Leute, die in ihr Blickfeld kommen, einfach nur an. Mehr tut sie nicht.

Es gibt ein sehr hübsches Mädchen, sehr sexy, das jedes einzelne Haar aus seinen Beinen zupft, um sich vom Ritzen abzulenken, und einmal, ohne zu merken, was sie tut, beugt sie sich wortlos zu mir und will mir die Augenbrauen auszupfen. Meine Katzen tun das auch, sie lecken sich so selbstvergessen, dass sie es gar nicht merken, wenn sie zufällig mal bei ihren Artgenossen landen.

Ich bin etwa drei oder vier Tage dort, als ein obdachloser junger Mann eingeliefert wird, der wie viele der Patienten auf der Straße aufgelesen worden war. Er hat sich ein Hakenkreuz auf die Stirn geritzt, weil eine Stimme es ihm befohlen hatte. Da ich große Angst vor ihm habe, zwinge ich mich, mit ihm zu reden. Er fragt, was ich auf meinem Walkman höre, und ich gestehe beschämt: »George Michael.« – »Ich mag George Michael«, sagt er empört und ärgert sich, weil es mir offenbar peinlich ist. Bei jemandem, der Stimmen hört, sollte man Popkultur nie zur Abgrenzung verwenden. Man weiß nicht, was sie zwischen den einzelnen Melodien so alles hören. An meinem letzten Tag schenke ich ihm meinen Walkman mit all meinen Songs. Ich frage mich, ob ein iPod einem den Aufenthalt in der Psychiatrie jetzt leichter macht oder ob er Fortschritte eher verhindert.

Unter uns ist auch ein reizender Mann mittleren Alters, ein kreuzbraver Familienvater mit kleinen Kindern, ruhig und nett, und ich kann beim besten Willen nicht begreifen, was mit ihm los sein könnte, da er immer total ausgeglichen und entspannt wirkt. Dann erfahre ich, dass er an einem Hochspannungsmast hochgeklettert ist und sich dabei ein Bein und einen Arm gebrochen hat. Kaum waren seine Knochen wieder heil, tat er es erneut. »Warum haben Sie es noch ein zweites Mal gemacht?«, wird er in der Gruppentherapie gefragt. »Warum derselbe Mast?«

Er schaut die Therapeutin an, als sei sie begriffsstutzig.

»Na, weil es der Mast ist, der in den Himmel führt.«

Das Priory liegt inmitten eines wunderschönen Geländes. Eine Mischung aus Edward Gorey und Aubrey Beardsley. Würde mich nicht wundern, dort auch Pfauen zu sehen, und es gibt sicher Patienten, die tatsächlich Pfauen sehen. Der ideale Ort für eine tragische Liaison. Ein Ort, um sich vor der Welt zu verstecken. Aber erst als ich diesen Ort verlasse und ins Leben zurückkehre, finde ich zum ersten Mal die wahre Liebe. Das könnte natürlich daran liegen, dass ich wieder gesund war (was ich bezweifle), oder weil sich das Gelände osmotisch in mir verwurzelt hat. Das ist Liebe: wunderschön, heimlich, überwachsen, letzte Chance.

Eines Tages spricht mich in der Cafeteria eine Krankenschwester aus der Jugendabteilung an: »Emma?« Ich blinzle. Es dauert eine Weile, bis ich sie als Freundin einer Freundin erkenne. Wir sind früher manchmal zusammen tanzen gegangen. Zum Glück bin ich zu müde und zu sehr mit Medikamenten vollgepumpt, als dass mir diese Begegnung peinlich wäre, auch nicht, als sie fragt: »Und ... wie ist es dir so ergangen, seit wir uns das letzte Mal gesehen haben?«

Ich schaue sie kurz an. »Nicht so gut.«

Sie lässt mich in Ruhe und geht weiter.

Aus irgendeinem Grund ist es mir sehr wichtig, was ich im Krankenhaus trage. Ich bin noch dünn genug, um schräge Klamotten anziehen zu können.

Haben Sie schon mal etwas echt Widerliches zum Frühstück gegessen, etwas, das Ihnen echt nicht guttut, Schokokuchen zum Beispiel, und dabei gedacht: »Igitt, wie scheußlich, ich esse besser schnell weiter. Himmel, davon wird mir kotzübel, ich sollte besser noch mehr essen?«

Und haben Sie dann den letzten Bissen liegen lassen, weniger als den letzten Bissen, ein Häppchen nur oder sogar nur einen Krümel, und sich dann gesagt: »Na also, ich hab's ja gar nicht aufgegessen. Es ist alles gar nicht wahr. Man verwertet die Kalorien nicht, wenn man nicht auch das letzte, klitzekleine Stückchen aufgegessen hat. Weiß doch jeder! Tja, ganz schön cool, hm?«

Und dann geht man weg, fröhlich vor sich hin pfeifend, und stellt sich noch ekligere Sachen vor, die man zu Mittag essen würde, aber natürlich nicht bis auf den letzten Krümel. Falls das nach Bulimie klingt ... okay, ist es auch. Dahinter steckt folgende Logik: Ich habe mich auf einen Pfad begeben, auf dem ich lieber nicht wäre, und weil ich mich so schäme, gehe ich lieber schnell weiter. Irgendwann geht einem das in Fleisch und Blut über, wird zu Routine. Schmerz, den man sich selbst zufügt, resultiert aus übermäßigem Genuss – Heroin, Crack, Sex, Essen – selbst Magersucht ist eine Sackgasse, aus der man nicht mehr herausfindet – mehr Luft, mehr Nichts, ein Raum, bis zum Platzen angefüllt mit Raum. Anorexie war aber nichts für mich, hätte mir viel zu lange gedauert. Das Medium ist die Botschaft, und mein Medium war Ritzen und Bulimie.

Henne oder Ei: Was war zuerst da? Die geplatzten Äderchen um die Augen sehen, sich in die eigenen Haare kotzen und sich dann ritzen müssen, weil man so hässlich ist? Oder den ganzen Schrank leerfuttern, um zu verdrängen, wie hässlich man durch das Ritzen geworden ist? Es ist Wahnsinn. Und wenn du nicht weißt, wer du bist, oder wenn dir dein wahres Ich entglitten ist, gibt dir der Wahnsinn wenigstens eine Identität.

Dasselbe gilt für Selbsthass. Du bist wahrscheinlich einfach nur normal und siehst normal aus, aber das verleiht dir keine richtige Identität, nicht in dem Maß, wie Hässlichkeit es tut. Das Gefühl, normal zu sein und zu akzeptieren, dass man vermutlich ganz normal aussieht, bietet einem nicht das schützende Kraftfeld, das von Selbsthass ausgeht.

Wenn du nicht weißt, wer du bist, gibt dir der Wahnsinn etwas, an das du glauben kannst, und während ich im Priory eingesperrt bin und mit meinem Wahnsinn verschmelze, steht GH mit seinem im Scheinwerferlicht. Auf unserem Fernseher im Gruppenraum sehe ich ihn kurz auf dem Bildschirm, in einem Interview über seinen ersten großen Film. Er wirkt betrunken. »So ein Idiot«, sage ich zu meiner magersüchtigen Freundin.

Sie schnaubt. »Ich würde ihn jedenfalls nicht von der Bettkante schubsen.« Klar, dazu hätte sie ohnehin nicht die Kraft.

Ich schmuggle eine Einwegkamera ins Hospital.

Das stellt sich als unklug heraus, denn manche Patienten machen ein Theater. Eine Frau flippt aus, als sie die Verbrennungen auf ihrer Wange sieht, die sie sich mit einem Feuerzeug zugefügt hat. Ich lege die Kamera weg. Mit dem Rest des Films fotografiere ich mich selbst im Bett, Proto-MySpace-Bilder, mit eingesaugten Wangen und Schmollmund. Das ist mir schon bei den Selbstporträts von Lindsay Lohan und Britney Spears aufgefallen: Sie saugen dauernd die Wangen ein und machen einen Schmollmund, egal bei welcher Gelegenheit, wobei ihnen offenbar entgeht, dass es die Narben, nicht die Wangenknochen sind, die bei ihren Twitter-Postings am meisten auffallen.

Nach einer Woche bin ich immer noch benebelt, aber allmählich macht sich Langeweile breit. In der Kunsttherapie zeichne ich ein Bild des jungen Rod Stewart und taufe es *Rod the Mod* – sein Spitzname aus den sechziger Jahren. Keine Ahnung, was mich da gepackt hat. Er bedeutet mir nichts, aber eine gewisse Ähnlichkeit ist da. Die Kunsttherapeutin macht ein großes Aufhebens und sagt, es sei sehr aufschlussreich. Sie tut mir leid. Der brave Familienvater zeichnet den Telegrafenmast, auf den er ständig klettern muss. Der bedeutet ihm alles. Die Therapeutin geht schnell weiter.

Die Medikamente, die ich bekomme, machen mich für den Großteil des Tages zu einem Zombie, bewegungs- und emotionslos. Ich habe das Gefühl, durch Schlamm zu waten. Mum sagt, meine Augen würden ständig nach hinten rollen. »Kann sein«, sage ich und denke daran, wie sehr ich Kreise und Kandinsky mag, und dann ist die Besuchszeit vorbei und sie geht. Da ich Selbstmordkandidatin bin, schauen sie alle fünf Minuten nach mir, sobald das Licht gelöscht ist. Ein paar Tage vor meiner Entlassung habe ich Ausgang; Mum fährt an einem Samstag mit mir ins Stadtzentrum. Wir gehen ins Kino und sehen uns *Erin Brockovich* an, für den Julia Roberts einen Oscar bekam und komplett vergaß, sich bei der richtigen Erin

Brockovich zu bedanken. Kann es sein, dass ich hinterher allein mit der U-Bahn ins Krankenhaus zurückfahren darf? Ich merke, dass ich den Leuten in die Augen schaue, bis sie wegsehen. Da ich solche Angst vor mir habe, ist es richtig erleichternd zu sehen, dass die anderen ebenfalls Angst vor mir haben. Nach zwei Wochen werde ich entlassen, mit der Diagnose *Ultra Rapid Cycling bipolare affektive Störung,* auch »manisch-depressive Erkrankung mit raschen Stimmungsumschwüngen« genannt, was im Klartext bedeutet, dass ich nicht wie andere sechs Monate lang depressiv im Bett herumliege und dann sechs Monate lang ausflippe, sondern dass die Umschwünge bei mir innerhalb einer einzigen Stunde stattfinden können.

Ich glaube nicht, dass der Aufenthalt im Priory besonders nützlich für mich war, abgesehen davon, dass es ein unfreiwilliger Urlaub vom Leben war und ich hinterher Schulden hatte, die ich über Jahre hinweg abstottern muss.

GROVELANDS PRIORY HOSPITAL

| | |
|---|---|
| Anfangstests & Gutachten | £ 300,00 |
| (wird bei der Aufnahme einmal zusätzlich zur Bettpauschale berechnet) | |
| Bettpauschale pro Tag – Standard | £ 325,00 |
| Bettpauschale – starke Abhängigkeit | £ 355,00 |
| Tageshonorar ärztliche Beratung | £ 45,00 |

(Tagespauschale für den zuständigen Arzt, der während des stationären Aufenthalts die klinische Verantwortung trägt, obschon er möglicherweise nicht jeden Tag vorbeikommt.)

Die Bettpauschale umfasst Unterbringung (Einzelzimmer mit Bad), Basispflegeleistungen, diensthabenden Psychiater und Begleitung durch Assistenzarzt, medizinische Versorgung, stationäres Behandlungsprogramm und sämtliche Mahlzeiten.

Bei der Aufnahme ist eine Kaution von £ 3000,00 zu hinterlegen, gefolgt von weiteren £ 3000,00 pro Woche für die gesamte Dauer des Klinikaufenthalts (gemäß »Finanzielle Voraussetzungen für Aufnahme aus Eigenmitteln«).

ZUSÄTZLICHE KLINIKKOSTEN (ggf. mit Rechnung)

| | |
|---|---|
| Anfangsgespräch Honorar | berechnet durch den Therapeuten |
| Spezielle Hilfe durch Pflegepersonal | £ 26,00 |
| (Zuschlag pro Stunde zusätzlich zur normalen Bettpauschale) | |
| Elektrokardiogramm (EKG) | à £ 96,00 |
| Elektrokonvulsionstherapie (EKT) | à £ 211,00 |
| Physiotherapie | berechnet nach Stundenzahl |
| Krankenwagen/Transport | berechnet nach Aufwand |
| Begleitung durch Krankenpersonal | pro Std. à £ 19,00 |
| Röntgen & Scans | berechnet nach Verfahren |
| Familientherapie | pro Sitzung £ 85,00 |
| Medikamentenabgabe | pro Tag £ 10,00 |

ZUSÄTZLICHE PERSÖNLICHE AUSGABEN

| | |
|---|---|
| Zeitungen/Zeitschriften | nach tatsächlichem Preis |
| Telefonate | £ 0,24 pro Einheit |
| Gästemahlzeiten (Bons an der Rezeption erhältlich) | |
| Hauptmahlzeit | à £ 7,50 |
| Zwischenimbiss | à £ 3,50 |

| THERAPEUTISCHER URLAUB | GEBÜHREN |
|---|---|
| – 1. und 2. Nacht – komplett berechnet | |
| Tagespauschale vor 14 h | keine Kosten |
| – 3. Nacht in Folge – halbe Gebühr | halbe Gebühr |
| Tagespauschale 14–18 h | volle Tagespauschale |
| – Folgende Nächte – keine Gebühr | komplett berechnet |
| nach 18 h | Tagespauschale |

Sollten Sie Fragen zu diesen Kostenfaktoren haben, wenden Sie sich bitte an die Sekretärin am Empfang oder an unsere Buchhaltung.

Am ersten Abend, als ich wieder zu Hause bin, bekritzelt Dad mit seinem Filzstift die Seiten des *National Enquirer*. Einmal blickt er auf und sagt: »Am liebsten würde ich den ganzen Tag zu Hause bleiben und alle Fotos von Britney Spears mit einem Schnauzbart versehen.« Spears ist noch jung und sexy, noch keine alternde Schönheit à la Blanche DuBois aus *Endstation Sehnsucht* in knallengen Hotpants. Ich hoffe, Dads Schnurrbartkritzeleien unmittelbar nach meiner Entlassung aus der Psychiatrie sind kein böses Filzstift-Omen für Britney, das sie zum selben Schicksal verdammt.

Ich muss noch für eine Weile als ambulante Patientin zu einem Arzt vom Priory gehen. Ich kann mich kaum an ihn erinnern, doch seine Rechnungen habe ich alle noch. Ich habe seine Nachsorgebriefe, in denen er weder meinen Namen noch den meiner Mutter kennt, aber mein Geld will er haben. Ich sehe es als Kapitel in einem Buch von Helen Gurley Brown, der früheren Chefredakteurin von *Cosmopolitan*: »Eine moderne junge Frau kommt selbstverständlich selbst für ihre psychiatrische Behandlung auf.«

Fast unmittelbar danach will ich unbedingt wieder in mein Apartment zurück – sogar in meinem jetzigen Zustand bin ich New Yorkerin genug, um zu wissen, dass es eine Gelegenheit ist, die ich nicht verpassen darf. Es treibt mich nach Manhattan zurück. Und zu Dr. R. Ich rufe ihn von meinen Eltern aus an. Wir reden etwa eine halbe Stunde lang, und diese kurze Zeit reicht ihm, um zu wissen, dass er die Tabletten, die man mir im Priory verordnet hat, nicht gut findet. Depakote, sehr beliebt in den fünfziger Jahren – eigentlich ganz passend für mich, Vintage-Girl, das ich bin. (Vielleicht bekomme ich dasselbe Zeug wie Bettie Page, das Sexsymbol der Fünfziger, überlege ich. Irgendwie finde ich meinen Wahnsinn immer noch ganz faszinierend.) Erst etwas später erfahre ich, dass Dr. R ein ungewöhnlich begabter Psycho-Pharmakologe ist, und genau deshalb trifft es ihn so, dass er mit seiner Anfangsdosierung so danebenlag. Das nächste Mal ist sie richtig. Aber im Moment habe ich nur seine Stimme am Telefon, die mich einigermaßen stabilisiert.

16. Mai 2008

Vor neun Jahren hat mir Dr. R das Leben gerettet. Meine Eltern haben es nur ihm zu verdanken, dass sie ihre Tochter zurückbekamen. Wir stehen für immer in seiner Schuld und sind dem Himmel ewig dankbar, dass er in unser Leben trat. Im Laufe der Jahre warf ich ihm mehrmals vor, er sei ein unheilbarer Optimist. Ein Glück, dass er das war, kann ich nur sagen; sein Vertrauen und sein Enthusiasmus haben mich lange über Wasser gehalten.

Ich werde Dr. R stets in meinem Herzen tragen. Ich werde mich bemühen, seine freundliche Art und seine Gelassenheit weiterzugeben, besonders Menschen gegenüber, die krank sind und leiden, wie ich damals, bevor ich das Riesenglück hatte, von ihm unter seine Fittiche genommen zu werden.

Sein Verlust trifft mich mehr, als ich mit Worten sagen kann.

A (NEW YORK, NY)

# 7. Kapitel

Es gibt ein paar Fotos von mir in BH und Slip und mit kniehohen Strümpfen, auf denen ich am ganzen Leib blute. Sie wurden von einem ungenannten Fotografen gemacht, einem Fashion-Gott, in der Woche vor dem Suizidversuch.

»Vielleicht sollte ich sie behalten?«, sagt Dr. R, als ich sie ihm zeige.

»Nein.«

Ich strecke eine Hand aus. Dann gehe ich zu ihm rüber und beuge mich über ihn.

»Ich sehe dick aus.«

Er seufzt nicht und holt auch nicht tief Luft. Er notiert nur etwas.

»Sie wissen, dass Sie nicht dick sind.«

»Klar weiß ich das. Ich sagte nur, ich *sehe* dick *aus*.«

Ich nehme ihm die Fotos aus der Hand, stecke sie wieder ein und sage provozierend: »Was nützt es, so oder so zu sein, wenn einen die Nachwelt dann ganz anders sieht?«

»Ob Sie auf einem Foto dicker oder dünner aussehen als in Wirklichkeit, kann Ihnen nichts anhaben. Die eine oder andere Frau mag es ja beeinflussen. Oberflächliche, gestörte Frauen. Nicht Sie!«

Egal, wie oft ich vor ihm stand und sagte: »Ich bin oberflächlich. Ich bin gestört« – *er* hat diese Worte nie in den Mund genommen. In einer Liebesbeziehung kann man den Partner so weit bringen. Ich habe meine Lover jedenfalls immer dazu gebracht.

Wenn man mit zwanzig hinter einen Laternenpfahl pinkelt, wirkt es unbekümmert, exzentrisch und cool. Mit achtunddreißig hinter einen Laternenpfahl zu pinkeln, ist nur noch peinlich, stimmt's? Ein Mann, der mit zwanzig hinter allen Mädchen her ist, ist ein cooler Typ. Mit achtunddreißig ist es albern. Das wissen die meisten nicht. Da man sich selbst nicht kennt, redet man sich ein, dass man zumindest die anderen bestens kennt.

Wenn uns ein geliebter Mensch verlassen hat, leiden wir deshalb so sehr, weil wir ihn so gut kannten.

Mein Schmerz um Dr. R ist gewaltig, und ich vermisse ihn sehr, denn wir hatten eine echte Beziehung. Dabei kannte ich ihn gar nicht wirklich. Insofern war er eine sichere Bank. Der sicherste Verlust, den ich mir denken kann, die größte Herausforderung. Ich meine, nach wem genau sehne ich mich eigentlich? Die wenigen Dinge, die ich über ihn weiß, weiß ich aus unseren Sitzungen und zum Teil auch aus dem Kondolenzbuch.

Er liebte: Barbara (Kondolenzbuch)

Er liebte: Sam und Andy (Kondolenzbuch)

Er liebte: Die TV-Serie *The West Wing – Im Zentrum der Macht* (unsere Sitzungen)

Er liebte: Windsurfing (Kondolenzbuch)

Er unterrichtete an der: Columbia University (weiß ich von Barbara)

Sein Spezialgebiet: Kokainpsychosen (seine Bücher bei Amazon)

Er verbrachte den Sommerurlaub: in den Hamptons

Er liebte: Musicals (unsere Sitzungen)

Ich weiß nicht, wo er gestorben ist. Ich weiß auch nicht, wie. Aber ich muss es wissen.

Ich weiß nur, dass Dr. R über acht Jahre lang ein Teil meines Lebens war, und es macht mich traurig, das ich nicht weiß, was er von Barack Obama halten würde. Und da sind noch andere alberne Sachen. Wenn jemand zu jung stirbt, denkst du an all das, was er verpassen wird – seine Kinder aufwachsen sehen, einen ruhigen Lebensabend mit der Ehefrau –, aber du kannst dir auch sagen: »Unfassbar, dass er Tina Feys Auftritt als Sarah Palin verpasst hat.« Du kannst dich nur an den Himmel wenden und hoffen, dass von dort seine Weisheit kommt (egal, ob man an den Himmel glaubt oder nicht, man denkt automatisch an oben, ähnlich wie Selbstmörder, die von einer Brücke springen und mit ausgekugelten Armen sterben, weil sie sich instinktiv doch noch festzuhalten versuchten). Und im selben Atemzug finde ich es unerträglich, dass er verpasst, wie Tina Fey eine Frau imitiert, die er gar nicht mehr erlebt hat.

# 8. Kapitel

Inzwischen sind über sechs Monate vergangen, seit ich aus der Klinik entlassen worden bin, und ich möchte mir zusammen mit meinen engsten Freundinnen und Freunden die Berichterstattung über die Wahlen ansehen. Doch meine Wohnung ist zu chaotisch, um jemanden einzuladen, und ich miete lieber ein Hotelzimmer. Ich bin immer noch ziemlich neben der Spur; gebe sinnlos Geld aus (es ist leichter, eine Hotelsuite zu mieten, als bei mir aufzuräumen); ich begreife nach wie vor nicht, wie jemand mein Ritzen als Problem sehen kann. Oh, da fällt mir etwas Lustiges ein: Als ich aus der Klinik kam, war aus Bad Boyfriend und meiner englischen Mitbewohnerin ein Paar geworden. Klar, dass ich mit beiden keinen Kontakt mehr habe. Aber allzu viel macht es mir nicht aus, denn da ist dieser junge Mann – Mike –, der als Nächster auf meiner Abschussliste steht. Früher brauchte ich materielle Dinge, um glücklich zu sein. Mit elf war ich mir sicher, dass alles besser wäre, wenn ich nur »einen geblümten Maxirock in Herbstfarben« hätte. Grandma machte sich ans Werk und nähte mir den Rock meiner Träume. Ich zog ihn an. Und brach in Tränen aus, weil nichts besser geworden war.

Eine Zeitlang versuchte ich, mein Lebensglück in Haarfarben zu finden. Bei den Wahlen im Jahr 2000 will ich die Haare blondieren, doch das Ergebnis ist ein aschiges Orange. SB behauptet, es sei haargenau derselbe Farbton wie das Toupet von Ralph Cifaretto, dem Mafioso, der in *Die Sopranos* seine junge Geliebte zu Tode prügelt. »So will ich nicht aussehen«, sage ich zu meiner Mutter bei unserem täglichen Telefonat.

»Oh!«, sagt sie. »Mir gefallen seine Haare!«

Ich sehe also wie Ralph Cifaretto aus, in Florida müssen die Stimmen nachgezählt werden, und ich glaube felsenfest, dass Mike, der aus dem Mittleren Westen stammt und mit Getreide großgezogen wurde, mich irgendwie erden könnte, wenn ich ihn nur hätte. Jemanden wie ihn zu haben, wäre der Beweis, dass ich innerlich gefestigt bin, und dann müsste ich mir dieses Grundgefühl nicht mühsam erarbeiten. Mike ist ein netter Junge aus Ohio. Ohio-Mike. Als ich für den *Esquire* ein Interview mit Brad Pitt machen soll und er den Raum betritt, lauten meine ersten Worte: »*Oh*. Sie sehen nicht so gut aus wie Ohio-Mike!«

»Wer ist Ohio-Mike?«, fragt Pitt freundlich, denn er ist wirklich extrem nett.

Ich trage lange Ärmel mit speziellen Löchern, durch die man die Daumen stecken kann, damit ja kein Millimeter meiner Haut zu sehen ist, so zerschnitten wie sie ist.

»Ein junger Mann, den ich kenne, und der besser aussieht als Sie.«

Es gibt zwei Geschichten, an die ich mich noch gut erinnere (durch Hypermanie miteinander verknüpft), in der einen geht es um Liebe, in der anderen um Kunst, und beide haben mit einer Art Revolution zu tun, die ich sehr mag. Da ist diese eine Geschichte von Che Guevara, wie er Aleida trifft, die seine Frau werden sollte, der er erzählt, er wolle die bolivianische Regierung stürzen und ob sie nicht mitkommen wolle?

Die andere Geschichte, mit der ich mich zwanghaft beschäftige, handelt von Bob Dylan, der die Violonistin Scarlet Rivera mit ihrem Geigenkasten auf der Straße sieht und sie spontan fragt, ob sie nicht mit ihm ins Studio kommen wolle. Das Album *Desire* kommt im Jahr meiner Geburt heraus. Violinen bei einer Revolution. Ikonen, die ihre Frauen zum Bleiben bewegen wollen, andere, die sie zum ersten Mal verführen. Manchmal ist es Bob Dylan, der in meinem Kopf tot und in einer Pose wie Jesus Christus in den Händen der CIA endet. Che dagegen konvertiert für kurze Zeit zum Christentum und schreibt ein erfolgloses Drehbuch.

Vielleicht liegt es daran, dass ich manisch bin, aber ich kann Leute herbeibeschwören. Nachdem ich eine Woche lang nonstop *Desire* gehört habe, sehe ich Bob Dylan auf den Straßen von Downtown New York.

Zu meiner großen Soho-Wahlparty haben SB und ich zusammengerufen: Ohio-Mike und seine Freunde Ohio-Bob und Ohio-Joe. Sie sind alle drei großgewachsene, kräftige Kerle, die wie Bierdosen auf Beinen aussehen. Sie arbeiten alle mit den Händen und besitzen ihre eigenen Werkzeugkästen und Bohrmaschinen. Männer wie sie kannte ich früher nicht. Ich bin mehr an die Londoner Boys gewöhnt, mit ihren schmalen Krawatten und Körpern. Oder an die birnenförmigen Juden aus meiner Verwandtschaft. Und sie kannten ihrerseits keine Mädchen wie mich. SB ahnt, dass diese Wahl nicht gut ausgehen wird, und sie setzt sich in eine Ecke und liest Philip Roth.

Keiner dieser Jungs hat es nötig oder will, dass Gott und der Teufel um seine Seele ringen. Himmel, ich habe so viel Kampflust in mir und keinen, dem ich sie zuwerfen kann. (Eine Art Völkerball. Denn wenn ich wenigstens jemanden mit meiner Liebe retten könnte, könnte ich mich ducken.)

Was das betrifft, bin ich eine widerliche Angeberin.

»Wenn Bush es schafft, schmeiße ich meine Schuhe aus dem Fenster«, verkünde ich, weil ich mich nicht genügend beachtet fühle.

Das Endergebnis steht wegen Florida noch nicht fest, und deshalb werfe ich nur einen Schuh aus dem Fenster – was ich wie so viele meiner manischen Entscheidungen augenblicklich bereue. Der TiVo Personal Video Recorder ist noch nicht erfunden, und doch ist mein Leben schon jetzt voller TiVo-

Momente: Sorry, kann ich bitte kurz zurückspulen? Machen wir diese Sequenz rückgängig. Ist gar nicht passiert!

Ich sehe meinen knöchelhohen Nike im Schnee hinter irgendeiner Gartenmauer liegen, so nah und doch so fern. Mit meinem einen Turnschuh gehe ich nach Hause, und der Schnee ist derselbe graue Matsch wie ein Parlament ohne klare Mehrheitsverhältnisse. An der Ecke Bleecker Street und 6th Avenue sehe ich Susan Sarandon auf einem Roller auf mich zurasen. Ich habe sie noch nie getroffen, aber sie ist ein Teil der Nonsens-Welt meines Vaters. Wenn man Dad eines seiner Pommes frites vom Teller stibitzt, ruft er: »Oi! Die wollte ich für Susan Sarandons Seance aufheben!« Auf seiner Website *jeffrey-friedchicken.com* findet man eine unvollständige Bestandsaufnahme anderer Dinge, die für den großen Tag aufbewahrt werden (ein Exemplar des *Independent*, ein Twinkie-Törtchen, Ron Howard).

Ich beobachte Susan Sarandon, so elegant auf ihrem Scooter und in ihrem Leben. Da ich ständig nach Möglichkeiten suche, die Kontrolle über meine vielen Sorgen an jemanden abzugeben, egal wen, halte ich sie kurz entschlossen an. Und ohne mich vorzustellen, frage ich sie: »Susan? Wie zum Teufel sollen wir vier Jahre George Bush durchstehen?«

Wir sind im Jahr 2000, deshalb ahne ich nicht, wie schlimm es wirklich werden wird. Sie bremst ihren Roller ab und mustert mich.

»Nun, wir haben die erste Amtszeit überlebt. Da schaffen wir auch die zweite.«

Sie hat dieselbe beruhigende Art wie Dr. R.

Susan mit ihrem Snowscooter hilft mir, bis zur nächsten Sitzung durchzuhalten.

# 9. Kapitel

Ich habe mich wie eine Katze auf dem Ledersessel zusammengerollt. Dr. R lehnt in seinem Sessel wie eine elegantere Katze. Ich lächle ihn an, er lächelt zurück und kritzelt in sein Notizbuch.

»Was schreiben Sie da?«

»Ich mache mir nur ein paar Notizen.«

»Über mich?«

Er verdreht die Augen. »Ja, über Sie.«

»Zeichnen Sie mich?«

»In gewisser Weise ja.«

Wenn Dr. R in einer Boygroup wäre, wäre er sicher der Frechste.

»Wenn Sie in einer Boygroup wären, wären Sie sicher der Frechste.«

»Wie bitte?«

»Ja, jeder von den Jungs verkörpert einen anderen Typ. Es gibt den Frechen, den Naiven, den Toughen!«

Ich überlege angestrengt.

»Man könnte doch auch eine Boygroup mit psychiatrischen Störungen auf die Beine stellen … die Manisch-Depressiven, die mit körperdysmorphen Störungen, kurz KDS genannt …«

»Genau, und die Zwangsneurotiker.«

»Und wenn es ein Spin-off wäre, wie *Die Colbys* von *Denver-Clan* …«

»Was ist denn das?«

»Ja, von *Denver-Clan* gab es die Spin-offs *Die Colbys* oder *Dynasty II* oder *Das Imperium*. Jedenfalls könnten sie dann ein Spin-off mit nicht klassifizierbaren Phobien wie zum Beispiel Angst vorm Tanzen bringen.«

»Das nennt sich Chorophobie.«
»Okay, dann mit Angst vor sich selbst.«
»Heißt Autophobie.«
»Wow. Es gibt für alles einen Namen!«
»Ja, so ziemlich.«

Ich schniefe, als überlegte ich noch, was ich als Nächstes sagen soll, dabei weiß ich es genau.

»Und … was bin ich?«

»Es ist nicht immer nützlich, alles zu klassifizieren.«

Er notiert etwas.

»Nein, im Ernst. Was bin ich?«

Wieder lächelt er mich an.

»Sie sind Emma.«

Das ist der richtige Moment, um zu erwähnen, dass ich, seit ich acht Jahre alt war, etliche Psychiater und Therapeuten ausprobiert habe. Das liegt uns Juden im Blut, als Intellektuelle, als Bourgeois vielleicht; *vielleicht* haben wir es echt im Blut, weil wir uns psychiatrisch gesehen einfach unwohl fühlen.

Bestandsaufnahme: Therapeuten, zu denen ich ohne Erfolg gegangen bin, bevor ich Dr. R fand:
*1 ungarische Therapeutin (unselige Erinnerungen an Cloris Leachman als Frau Blücher in* Frankenstein Junior*)*
*1 perfekt frisierte Blondine, deren Praxis genau neben dem Haus lag, das wir uns nicht leisten konnten (unselige Erinnerungen an Catherine Deneuve in* Belle de Jour*; gelangweilte Hausfrau, die nebenher nicht als Prostituierte, sondern als Psychotante arbeitet. Anmerkung für mich selbst: gute Idee für einen Film)*
*1 Jüdin mit besten Absichten (unselige Erinnerungen an die Großtanten, denen ich Dankesbriefe schreiben musste, nachdem sie mir kratzige Sachen geschickt hatten. Pawlows Hund sagt: Ich hatte während den ganzen Sitzungen Juckreiz)*

Wozu braucht eine Achtjährige eine Therapie? Nun, jeder, der eine haben kann, sollte zugreifen. Hat meine Mutter gesagt, wie ich noch weiß. Außerdem war ich verrückt. Nein. Ich hatte Ärger. Ich stand kurz davor, von der Schule zu fliegen.

Das aufzuschreiben, fällt mir nicht leicht – dass der Beginn meines steinigen Pfads zum »Wohlbefinden« unter Zwang geschah und ich als »böses Mädchen« hingeschickt wurde. Außerdem wurde ich zu Unrecht beschuldigt. Wirklich wahr! Ich war's nicht. Ich wollte es tun, das stimmt. Aber dann habe ich gekniffen. Ella war's. Und ihre Mutter gab mir die Schuld. Ich sagte zu Ella, wir sollten Lucy einen obszönen Brief schreiben und so tun, als sei er von einem Jungen aus der Klasse über uns. Wörtlich schrieb ich: »Komm nach dem Unterricht in die Bücherei! Will dich wieder ficken.« Ja, ich hab's geschrieben, aber dann bekam ich Schiss. Ella stibitzte den Zettel aus meiner Schultasche und legte ihn auf Lucys Platz. Die Direktorin ließ die Schrift analysieren. Ich schwöre bei Gott, dass sie drauf und dran war, die Polizei zu holen.

Kürzlich habe ich meine Eltern gefragt, ob sie wussten, dass ich es nicht war. »Nein, woher auch?« Warum hatte ich es früher nie angesprochen? Nun, solche Sachen verlieren irgendwann an Bedeutung, ist es das? Oder liegt es daran, dass wir in die Rollen schlüpfen, die man uns zuweist, weil wir froh sind, eine Rolle zu haben, auch wenn sie wenig schmeichelhaft ist? Und obwohl ich mich ungerecht behandelt fühlte, war ich irgendwie auch dankbar, dass ich mir nicht selbst über mich klar werden musste, weil sie mir diese Entscheidung abgenommen hatten. Jedenfalls wurde ich zur ersten Therapiestunde meines Lebens geschickt, um mich besser zu verstehen. Was aber nicht geschah. Nicht in diesem Alter. Das Beste an diesen Sitzungen war der Schoko-Brownie, den Mum mir auf dem Weg dorthin immer kaufte.

In der Klasse erzählte ich, ich würde Hebräischstunden nehmen, was ein kurioser Einfall war, da meine Schwester und ich die einzigen Juden an unserer Schule waren. Als wollte ich mich noch mehr als Außenseiterin abstempeln. Doch ich aß brav meinen Brownie und starrte auf die orthopädischen Schuhe der Therapeutin. Irgendwann fanden alle, dass ich Fortschritte machte, und ich wurde sogar zu einer Party eingeladen. Mum kaufte mir extra ein neues Kleid, für eine Party, zu der das Mädchen mich einladen *musste*, weil sich meine Mutter in der Elternsprechstunde beschwert hatte. Einladungen dürften nicht in der Klasse ausgeteilt werden, sagte sie, wenn nicht *alle* Kinder eingeladen waren. So kam ich zu einem Kindergeburtstag, bei dem mich keiner haben wollte und bei dem ich mich alles andere als wohlfühlte.

Komisch war, dass die Mütter offen zeigten, dass sie mich nicht mochten. Als Erwachsene spürten sie, dass ich einen Knacks hatte, dass ich nie wie die anderen sein würde. Mädchen lauerten mir auf der Toilette auf und sagten: »Meine Mutter sagt, deine Familie sei *gewöhnlich*.«

Lucy, die mit dem Zettel, sagte: »Schämst du dich nicht, dass ihr Jesus getötet habt?«, und ich antwortete: »Nein, kein bisschen«, und da nannte sie mich »Nigger«. Lucy war Griechin. Erst als ich siebenundzwanzig war und mit der 6 zu Dr. R fuhr, fiel mir auf: Hey, Moment mal. Wenn Nubien da unten ist und Schweden da oben, sind wir Juden und die Griechen ethnisch gesehen doch fast identisch!

»Dr. R? Meinen Sie nicht, dass Juden und Griechen ethnisch gesehen fast identisch sind?«

»Durchaus. Auch was ihren Beitrag zum Wohle der Menschheit angeht.«

Ich nehme ein Blatt Papier und zeichne sorgfältig die ethnischen Verwandtschaftslinien auf.

»Ist das wichtig?«, fragt er.

»Ja.«

»Warum?«

»Weil es nicht fair war.«

Er zieht die Augenbrauen hoch. Und macht sich eine Notiz.

»Haben Sie je die Erfahrung gemacht, dass das Leben fair ist?«

»Nein.«

»Wäre ein komischer Zeitpunkt, wenn es plötzlich so wäre.«

»Stimmt.«

»Vermutlich ist es besser, sich einfach nur auf die schönen Dinge zu konzentrieren.«

Ich betrachte das Diagramm, das ich gezeichnet habe. »Die Juden gewinnen.«

»Wie kommen Sie darauf?«

»Ist doch klar!« Ich reiche ihm mein Blatt. »Wir haben die Psychiatrie erfunden.«

Ich lächle.

»Und anschließend schrieben wir Songs darüber.«

Ich beginne zu singen: »Officer Krupke, Sie sind ein Idiot / Das Kind braucht keinen Richter, ein Psychiater tut not …«

Dr. R strahlt und singt weiter, mehr schlecht als recht: »Ham Sie von Neurosen noch nie was gehört? In seinem Kopf ist er gestört!«

Wir hatten viel Spaß während unserer Sitzungen. So fröhlich wie bei unseren Sitzungen war ich eigentlich die ganze Woche nie. Nicht manisch, wie wenn ich *Pata Pata* von Miriam Makeba vierzehn Mal hintereinander höre. Einfach nur glücklich. Andere Patienten haben ihn als elegant gekleideten Mann in Erinnerung, meiner Meinung nach war Dr. R jedoch immer nachlässig gekleidet, wie mein Dad, der in Badeorten gern mit Shorts und schwarzen Luxusschuhen rumläuft.

»Wussten Sie, dass alle jüdischen Männer latent schwul sind?«, frage ich Dr. R, als wir uns noch nicht lange kennen.

»Ja«, antwortet er sehr ernst und dreht sich auf seinem Stuhl hin und her.

Ermutigt fahre ich fort: »Auch dass sie alle Musicals lieben?«

»Ich auch! Ich liebe Musicals!«

»Mein Dad auch …«

»Welches ist sein Lieblingsmusical?«

»Ähm, *The Music Man*?«

»Oh, ich liebe *The Music Man*!«

Von Anfang an empfinde ich Dr. R als ein Mitglied meiner Familie, aber im positiven Sinne. Wie ein Familienmitglied, dem man keinen Dankesbrief schreiben muss, weil es einem nie etwas Kratziges schenken würde.

Eines Nachmittags komme ich ziemlich aufgeregt in sein Sprechzimmer.

»Kennen Sie die Band Coldplay?«

Er schüttelt den Kopf.

»Doch, Sie kennen sie!«

»Okay, meinetwegen«, sagt er achselzuckend. »Sind Sie mit einem von denen liiert?«

»Himmel, NEIN! Mann, Dr. R! Wie kommen Sie *darauf*?«

»Erfahrungswerte.«

»Okay, na schön. Coldplay. Das ist eine Band, und sie ist echt berühmt, und der Sänger heißt Chris Martin, und ich sehe ihn dauernd in meiner Nachbarschaft beim Einkaufen und mit einem total lächerlichen Hut.«

»Na und?«

»Sein Hut sieht wie eine Art Narrenkappe aus. Warum trägt Chris Martin so ein Ding? Was hat das zu bedeuten?«

Dr. R streckt beide Hände aus, wie ein Borscht-Belt-Comedian, der sein Publikum beruhigen will. »Ich glaube nicht, dass es etwas zu bedeuten hat, Emma.«

»Doch, es muss etwas bedeuten!«

Er versucht, mich zu beruhigen.

»Ich mache mir größere Sorgen wegen dem Ritzen.«

»Echt?« Ich sage es mit einem Unterton wie: »Wie können Sie nur?!«

Er schaut mit hochgezogenen Augenbrauen auf seinen Notizblock. Ich ertappe ihn hin und wieder dabei, dass er für den Bruchteil einer Sekunde innerlich seufzt und sich denkt: »Herrje, was für ein schräger Vogel!« Aber komischerweise tut das meinem Vertrauen zu ihm keinen Abbruch.

Die Leute fragen zwar immer, wie es einem geht, aber er ist der Einzige, zu dem ich ehrlich sagen kann: »Hey Kumpel, mir geht's so was von nicht okay!«

Er sagt auch nie: »Ich bin nicht Ihr Kumpel.«

# 10. Kapitel

Gloria Steinem treffe ich, nachdem meine Freundin, die Dichterin und Aktivistin Sarah Jones, ihr erzählt hat, dass ich einen Roman schreibe, ein Opus über Selbstverstümmelung. Gloria Steinem, die ich seit langem aus der Ferne bewundere, ist ganz Ohr, als ich das Buch beschreibe, und fragt dann, ob ich sexuell missbraucht worden sei. Habe ich schon erwähnt, dass wir auf einer Rolltreppe stehen? Nach einer Filmvorführung von *Der Manchurian Kandidat*? Dem Remake mit Meryl Streep. Und dass ich einen halbleeren Eimer Popcorn in der Hand habe? Überrascht drehe ich den Kopf und schaue zu Steinem hinauf.

»Nein, ich wurde nicht sexuell missbraucht.«

»Sind Sie sicher?«, hakt sie nach.

Ich sage ihr, dass ich mir ganz sicher bin, und biete ihr von meinem Popcorn an.

Die Tiffany-Lampe in der East 94th Street kommt mir an diesem Tag besonders hell vor.

»Dr. R, Gloria Steinem meint, dass die meisten Ritzer als Kind sexuell missbraucht wurden.«

»Etliche, ja«, bestätigt er und dimmt die Lampe, da er inzwischen weiß, welches Blinzeln von mir welche Art von Unbehagen ausdrückt.

»Okay, dann wurden die meisten Ritzer also sexuell missbraucht. Ich nicht!«

»Okay.«

»Jedenfalls hörte ich mich echt super-defensiv und ausweichend an, und das einer meiner großen Heldinnen gegenüber. Auf einer Rolltreppe!«

Diesmal haben wir eine Doppelsitzung, was nur selten vorkommt. Und es ist lustig, dass es so lange dauert, denn Dr. R ist ungewöhnlich schweigsam. Ich höre mich reden und reden und denke mir: Halt endlich die Klappe und lass ihn auch mal zu Wort kommen. Doch ich quassle weiter.

»Ich wurde als Kind nicht sexuell missbraucht. Ich glaube, wie fast jede Frau, die ich kenne, hatte ich als Kind primär Angst vor Sex.«

Er nickt. »Nichts Konkretes?«

Natürlich, natürlich etwas Konkretes. Etwas mit einer bestimmten Landschaft und sogar einem bestimmten Geruch. Ich lege den Kopf auf die Knie, richte mich dann wieder auf.

»Ich habe für die *Sunday Times* gearbeitet, im Musikressort. Ich war sechzehn und hatte noch nie Sex gehabt. Da traf ich diese Frau bei einer Breeders-Show, über die ich schreiben sollte.« Ich blicke auf. »Eine supertolle Band.« Ich sage das, als wäre es wichtig für das, was gleich kommen würde. »Die Frau war aus San Francisco, und wir haben uns während der ganzen Show unterhalten und auch danach noch, bis spät in die Nacht – sie war vierzig und wunderschön und allein da – und irgendwann sagte sie, ich solle sie doch mal in Kalifornien besuchen.«

Sie war klein und zierlich, mit einer sehr hellen Haut und einem platinblonden Bob – wie wenn Louise Brooks' Frisur beim Waschen ruiniert worden wäre.

»Ich fand sie irgendwie mysteriös, ihr Aussehen, wie sie sprach, dass sie überhaupt da war, inmitten der vielen abtanzenden Teenager. Sie erinnerte mich an eine der Göttinnen auf meinen Orakelkarten. Moment, Irrtum! Sie hat mir meine ersten Orakelkarten ja erst geschenkt. Ich wusste also erst hinterher, woran sie mich erinnert hatte. Aber egal. Wissen Sie, ich war immer gern mit älteren Frauen zusammen …«

»Ich weiß.«

»Und sie war in einer verdammten Band!«

Keiner erfolgreichen Band, sie hatten keinen Plattenvertrag und nichts, und mit vierzig war da nicht mehr viel zu hoffen. Aber in San Francisco traten sie regelmäßig auf und hatten ihre Fans.

»Also flog ich für eine Woche zu ihr, total verknallt, ehrlich gesagt. Ich war noch nie mit einer Frau zusammen gewesen, hatte aber total Lust auf sie. Sie hat mir übrigens in keiner Weise zu verstehen geben, dass sie lesbische Neigungen hätte. Ich war trotzdem total auf sie fixiert, auf dieselbe Weise wie ich nach einem Kleid oder einem Buch oder einem Lippenstift verrückt sein kann.«

Sein Kugelschreiber macht einen Strich hier, einen Strich da, dann blickt er eine halbe Sekunde lang auf und lächelt nur, als ich sage:

»Sie hatte nicht erwähnt, dass sie einen Ehemann hat.

Sie holte mich am Flughafen ab und ging mit mir zum Mittagessen in ein Restaurant am Pier. Dort winkte sie einem unheimlich attraktiven jungen Mann zu, der direkt auf uns zukam. Er blieb aber nicht stehen, sondern ging einfach weiter, bis ans Wasser und sprang hinein. Und unter den Blicken sämtlicher Gäste kletterte er wieder heraus, schüttelte sich wie ein nasser Hund und setzte sich zu uns.

Ihr Mann war um einiges jünger als sie. Irgendwas zwischen zwanzig und dreißig, keine Ahnung; mit sechzehn kann man andere altersmäßig schwer einschätzen. Die meisten sind einfach *älter*. Jeder ist böse, will dich und hat Hintergedanken, und jeder macht einen auf *Gefährliche Liebschaften*. Begreifen Sie?«

Häkchen. Dr. R macht ein weiteres Häkchen.

»Jedenfalls war ihr Mann total mürrisch und unhöflich. Er nahm mich kaum zur Kenntnis, als sie mich ihm vorstellte, und ich brauchte das ganze Mittagessen, bis ich merkte, dass sie verheiratet waren. Sie stritten das ganze Dessert hindurch, ohne

Punkt und Komma. Das Herz klopfte mir bis zum Hals und ich dachte: Himmel, ich bin sechzehn. Wo bin ich nur gelandet? Was hab ich mir da eingebrockt?

In ihrem Apartment stellte ich fest, dass sie an meinem Gästebett vorbeimussten, um in ihr Schlafzimmer zu kommen. Sie und ich würden unsere Tage am Strand verbringen – und sie würde mich im Bikini fotografieren. Ich stellte mir vor, ich sei Bettie Page und sie Bunny Yeager, Sie wissen schon, die Fotografin, die Bettie berühmt gemacht hat. Sie machte ganz viele Fotos von mir, und ich posierte gern für sie. Ich hatte ja gute Titten und einen tollen Arsch, und in einem fremden Land fühlt sich das aufregend an. Daheim in England empfand ich Titten und Arsch einfach nur als böses Omen.

Nachts hörte ich die beiden immer streiten, in voller Lautstärke, und dann versteckte ich mich unter meiner Decke, wie ein Kind, dessen Eltern sich zoffen.

Eines Nachts kam er in mein Bett und sagte, er müsse reden. Weil sie einfach nicht aufhören können zu streiten, und er nicht mehr wisse, was tun. Ich fühlte mich geschmeichelt. Ich erklärte ihm, dass ich wisse, dass sie ihn liebt und dass diese Phase bestimmt wieder vorbeiginge.

Aber was wusste ich schon! Ich hatte noch nie einen festen Freund gehabt. Mein platinblonder Pagenkopf hatte nachmittags bald schon keine Zeit mehr für mich – sie arbeitete auf einmal stundenweise in einer Bar. Deshalb sollte ihr Mann sich um mich kümmern. Wir gingen in ein Programmkino und sahen uns *Asphaltrennen* an. Ein verwirrender Film, weitgehend stumm, der vor sexueller Anspannung nur so brodelte, genau wie ich.

Er fuhr mit mir mit dem Motorrad über die Golden Gate Bridge. Ich zitterte so heftig, dass das Motorrad anfing zu schlingern und er rief: ›Mensch, Emma! Du zitterst ja wie gottverdammtes Espenlaub! Ich mach einen Schlenker nach dem anderen! Wenn du nicht aufhörst, bauen wir noch einen Unfall!‹

Ich glaube, wir standen mehrmals kurz davor. Als ich dann endlich wieder absteigen konnte, war ich leichenblass und fix und fertig. Es war Abend, und ich sagte, ich brauche jetzt erstmal was zu trinken.

Wir gingen in die Kneipe, in der ihre Band auftrat. Sie hatten dieses tolle Mädchen an der Bassgitarre. Danach gingen wir in eine Bar. Nein, Moment. Wir waren zuerst in einer Bar und dann bei ihrer Band. Er hatte mir mehrere Jägermeister ausgegeben. Ich konnte nicht mehr gerade stehen, und als ihr Auftritt vorbei war, wollte sie noch bleiben und feiern. Ich hätte ihr nur den Spaß verdorben.

Deshalb sagte er zu ihr, er würde mich nach Hause bringen. Bevor wir gingen, gab sie ihm noch einen langen, sehr leidenschaftlichen Kuss.

In einer schmalen Gasse sagte er auf einmal, er hätte die Fotos gesehen, die sie von mir am Strand gemacht hatte, im Bikini.

Und dann hat er mich geküsst. Und ich habe den Kuss erwidert.«

Ich warte, damit Dr. R es sich notieren kann. Doch das tut er nicht.

»Dann wollte ich mit dem Küssen aufhören. Aber er machte weiter. Er schob mich vorwärts, bis wir an einer Kirchenmauer lehnten, und ich sah ein buntes Glasfenster. Aber darin brach sich kein Licht, weil es ja Nacht war. Er zog mir die Hose runter. Weil es von hinten und mein erstes Mal war, wusste ich nicht, ob es normaler Sex war oder ob wir Analsex hatten.«

Dr. R schreibt noch immer nichts.

»Es tat nicht arg weh. Ich war gar nicht da. Er sagte, es hätte ihn einfach überkommen und er konnte nicht anders. Mein Körper sei schuld gewesen.«

Ich blicke auf meine Füße. Wo hab ich diese roten Sneakers eigentlich gekauft?

»Da es nicht wehtat und ich gar nicht da war, was war es dann überhaupt? Warum rege ich mich so auf? Warum fühlte ich mich hinterher gebrandmarkt?«

Er schweigt.

»Hinterher, auf der Straße, trafen wir auf die Bassistin. Die spürte, dass etwas nicht stimmte, und fragte mich, ob ich mit zu ihr kommen wolle. Er ließ mich mit ihr gehen. Ich betrat ihr Loft, in dem all diese Hippie-Musiker herumhingen, und sie bettete mich auf ihr Sofa, und ich sagte, ohne zu heulen oder so, ich sagte nur ganz sachlich: ›Ich glaube, ich hatte gerade Sex.‹

Es war nicht der Vorfall an sich, über den ich mich so aufregte, sondern dieses Wort. Dann war ich total weggetreten, und als ich wieder zu mir kam, sagte sie: ›Ich habe die …‹«

Echt, diese Stelle mag ich gar nicht. Diese Stelle behagt mir ganz und gar nicht, aus diversen Gründen. Mir kommen die Tränen.

»Sie sagte: ›Ich habe die Vergewaltigungshotline angerufen.‹ Aber ich hatte sie nicht darum gebeten.«

Endlich hebt Dr. R den Kopf. »Wie auch? Sie waren ja bewusstlos.«

Ich zucke die Schultern.

»Als er Ihnen die Hose runterzog, baten Sie ihn da, aufzuhören?«

»Ja.«

»Warum?«

»Weil ich keinen Sex wollte.«

»Aber er hat nicht aufgehört?«

»Nein. Ich denke, ich wollte ihn schon. Aber nicht so. Ich hatte noch nie was mit ’nem Jungen gehabt. Aber ich glaube, das Schlimmste für mich war, dass ich meine platinblonde

Schönheit verlor. Ich schrieb ihr Liebesbriefe, doch sie hat nie geantwortet. Wie ich von der Bassistin erfuhr, hatte er seiner Frau erzählt, ich hätte ihn angemacht, und da sei er schwach geworden.«

Ich weiß noch, dass ich im Flieger so wund war, dass ich kaum sitzen konnte.

Ich weiß auch noch, dass – bevor ich auf dem Sofa der Bassistin bewusstlos wurde – einer ihrer Mitbewohner Leonard Cohen spielte, indem er verschiedene Songtexte von Cohen verknüpfte, in denen er eine nackte Frau besang. Mein Dad und ich hatten ihn im Vorjahr in der Royal Albert Hall gesehen. Und jetzt war Leonard Cohen mein Nachspiel von etwas, das ich Dad nicht erzählen konnte. Verknüpfungen und Bänder, Menschen, die Dinge wissen, ohne sie zu kennen. Ich werde Leonard für den Rest meines Lebens lieben. Mit Lidern schwer von Jägermeister und einem glühenden Brennen in der Vagina, die letzte Stimme, die ich hörte …

»Doch wie dem auch sei«, erkläre ich Dr. R resolut, »Sex im Stehen mag ich sowieso nicht.«

Ich würde jetzt gern das Thema wechseln.

»Lustig, dass man verschiedene Stellungen mit bestimmten Lovern in Verbindung bringt, wenn man erstmal alt genug ist. Es gibt zum Beispiel ›den, der immer wollte, dass ich mich auf sein Gesicht setze‹. Dann ›den, der mich immer oben haben wollte, mit abgewandtem Gesicht, damit er meinen Arsch sehen konnte‹. Bianca sagt, dass diese Stellung ›Umgekehrtes Cowgirl‹ heißt.«

Dr. R errötet. Ich will nicht, dass er meinetwegen rot wird, und versuche, Witze zu machen, indem ich Sexpositionen erfinde, um ihn zum Lachen zu bringen: »Extravagantes Autotelefon« oder »Rheumatisches Kätzchen«.

Er unterbricht mich. »Egal, wie Sie es jetzt nennen, es war eine Transgression. Hätten Sie schon zehn Jahre Sex hinter sich gehabt, wäre es vielleicht nur grober Sex gewesen. Aber es war Ihr erstes Mal.«

»Stimmt.«

Tatsache ist: Er hat mich entjungfert. Auf unschöne Art. Aber ich verlor auch *sie*, und das tat mehr weh. Sie war mit mir in ihre Lieblingsdrogerie gegangen, wo ich dieselbe Feuchtigkeitscreme kaufte wie sie, weil sie nach ihr roch. Ich nahm die Creme mit nach Hause, nach London, und wollte sie täglich benutzen. Und wenn der Tiegel leer war, wäre auch alles vergessen, was ich in San Francisco erlebt hatte. Aber ich brachte es nie über mich, den Tiegel zu öffnen. Er steht immer noch unter dem Waschtisch im Haus meiner Eltern, in dem Bad, das ich als Kind benutzte. Ich kann mir nicht vorstellen, dass die Creme noch gut riecht, habe aber Angst, sie aufzumachen. Aber manchmal, wenn ich zu Hause bin, betrachte ich sie und kann sehen, dass sich eine Ölschicht abgesetzt hat. Etwas ist nach oben gestiegen.«

»Das könnten Sie als schöne Allegorie sehen.«

»Nein. Wenn ich es anschaue, merke ich, dass etwas darin tot ist, und das muss Walfischfett sein.«

»Die Creme ist aus San Francisco. Da ist sie vermutlich rein pflanzlich.«

»Okay«, räume ich ein. »Okay, Sie haben gewonnen, Sie Optimist!«

Unsere Zeit ist um.

# 11. Kapitel

Dr. R und ich knüpfen an die letzte Sitzung an. Ich erzähle ihm von meiner ersten Liebe, einem Mann, für den ich definitiv nicht die erste Liebe und eigentlich gar keine Liebe war. Es war ein paar Monate nach San Francisco. Er spielte in einer Rockband. Ich war eine blutjunge Musikjournalistin. Wenn er auf Tour war, schickte er mir Postkarten, manchmal, nicht immer. Er schickte mir auch ein paar Bücher. *Erinnerungen eines Revolutionärs* von Victor Serge traf ein, beschriftet mit durchdachter Gleichgültigkeit.

Als ich ihn erhörte, seufzte er und sagte: »Wir haben etwas gemeinsam, Em. Wir werden immer die am wenigsten attraktiven Menschen im Raum sein.« Eine Art postkoitale Ohrfeige. Nachdem wir miteinander im Bett gewesen waren, erzählte er mir, dass ich nicht hübsch war und von Glück reden könnte, dass er mich wollte. Damals fing ich mit dem Ritzen an.

»Ich hab an mir herumgeritzt, als ich wusste, dass ich ihn treffen würde, damit ich einen Grund hatte, mich nicht auszuziehen. Auf diese Weise würde ich mich nicht in ihn verlieben. War natürlich längst zu spät.«

Dr. R wirkt sehr, sehr traurig. »Und, hat's funktioniert?«

»Nein, ich war verrückt nach ihm. Ich bin trotzdem mit ihm nach Hause gegangen. Und er hat die Schnitte nicht gesehen. Sind ihm nie aufgefallen. Oder falls doch, hat er nichts gesagt. Er hat mich trotzdem gefickt.« Ich breche in Tränen aus, total bestürzt, dass der Mann, von dem ich glaubte, er sei wie das Dorf Brigadoon vor zehn Jahren verschwunden, noch immer eine solche Wirkung auf mich hat. Ich sage vor Dr. R nicht gern

»ficken«. Ich hasse es. Es fühlt sich an, als würde ich sein Zimmer beschmutzen.

Obwohl, mal ehrlich, was genau beschmutze ich dadurch? Ich weiß nicht, welche Geschichten vor mir hier waren und welche der Patient nach mir mitbringen wird. Auf einmal würde ich mir am liebsten Mund und Nase zuhalten, aus Angst vor psychologischen Krankheitskeimen in der Luft, und ich will von hier weg und mein liebeskrankes Teenager-Ich in London lassen, vor einem Mann kniend, der es nicht ausstehen kann.

# 12. Kapitel

10. Mai 2008
Ich machte eine besonders harte Zeit in meinem Leben durch, als ich zu Dr. R kam. Durch einen Zufall wurde ich an meinem Geburtstag vor neun Jahren ausgerechnet an ihn verwiesen.
Als ich wegen eines Termins anrief, sagte er, ihm hätte gerade jemand abgesagt. Er schlug den 19. Januar vor. Ich sagte, der Tag sei nicht gut, es sei mein 49. Geburtstag, und wer ginge schon an seinem Geburtstag zu einem Doktor, doch er meinte: »Warum nicht? Dieser Tag ist so gut wie jeder andere.« Ganz schön weise von ihm!
Rückblickend kann ich sagen, dass meine erste Sitzung bei Dr. R mein bestes Geburtstagsgeschenk aller Zeiten war.
Ich wusste nicht, dass Dr. R krank war. Unsere letzte Sitzung ist schon einige Monate her. Da war er noch wie immer – optimistisch, einfühlsam, konzentriert und verständnisvoll wie eh und je. Er verlor nie den Boden unter den Füßen. Ich weiß erst jetzt, wie tapfer er an jenem Tag war. Er wird mein Held bleiben – für immer und ewig.
M (NEW YORK, NY)

»Ich weiß, dass es Ihnen allmählich besser geht, weil Sie den 11. September so gut verkraftet haben. Anderen Patienten ist das nicht gelungen.«

Ich zucke die Schultern. »Psychisch kranke Menschen mögen keine Apokalypse.«

Er schaut mir in die Augen. »Bei vielen meiner Patienten hat das etwas ausgelöst. Bei Ihnen nicht.«

An jenem 11. September sind im Laufe des Tages selbst

meine toughsten Freundinnen und Freunde hysterisch geworden. Sie sagten, sie sähen immer noch Flugzeuge am Himmel. Sie sagten, gleich würden Bomben fallen. Wir trafen uns alle bei SB, und ich überredete die ganze Gruppe, ins Krankenhaus zu gehen, da wir Blut spenden müssten. Also sind wir dorthin marschiert. Doch es gab keinen, dem wir hätten Blut spenden können, weil niemand mehr lebte.

»Ich habe erkannt«, erkläre ich Dr. R, »dass ich total schlecht mit den kleinen, banalen Dingen und Problemen des Alltags umgehen kann. Mit Katastrophen komme ich sehr viel besser klar.«

Da ich so nah am St. Vincent's Hospital wohne, verfolge ich die *Outsider*-Kunst, die an den Mauern des Gebäudes in Form von »Vermisstenanzeigen« erblüht. Es gibt Familien, die es sich leisten können, ihre Anzeigen zu laminieren, mit fünf verschiedenen Telefonnummern und Kontaktadressen darauf. Und die kaum lesbaren Anzeigen, die aussehen, als seien sie im Supermarkt kopiert worden. Wenn der Regen die schlecht gedruckten und die auf Spanisch wegspült, setze ich mich auf den Gehsteig und weine. Ich setze mich jeden Tag zu ihnen, weil ich nichts anderes tun kann, als zu sagen: »Es tut mir leid« oder »Seht ihr, ihr wurdet geliebt. Sehr sogar«. Bestimmt gab es im Leben der Menschen auf den Zetteln Zeiten, vielleicht sogar viele Zeiten, in denen sie sich unverstanden und allein gefühlt haben. Und nun haben andere den Schmerz, verlassen worden zu sein, für immer.

Ungefähr zu dieser Zeit freunde ich mich mit einem Autor an, der wegen seines turbulenten Privatlebens fast genauso berühmt ist wie für seine preisgekrönten Werke. Ich beobachte Dr. R ganz genau, als ich ihm die Neuigkeit erzähle. Andere Leute waren beeindruckt, ob sie es wollten oder nicht. Dr. R hatte ihn auch schon erwähnt und gesagt, er sei ein Fan von ihm. Ich will sehen, ob er seine Aufregung verbergen kann. Sogar meine eigene Mutter fühlt sich geschmeichelt, weil sich dieser Mann für mich interessiert. Dr. R dagegen scheint gar nicht begeistert zu sein. Ganz im Gegenteil.

»Ich mache mir Sorgen. Ich befürchte allen Ernstes, dass Sie rückfällig werden könnten, wenn Sie länger mit ihm zusammen sind.«

Und tatsächlich macht mich der Schriftsteller für ein Jahr seelisch fix und fertig, und sein Einfluss wird noch viele, viele Jahre andauern. Er ist so präsent in unseren Sitzungen, dass er ruhig die Hälfte der Kosten übernehmen könnte, wie ich finde.

Nach Dr. Rs Tod ist dieser Schriftsteller einer der Ersten, denen ich es sagen möchte. Weil er bei so vielen unserer Sitzungen dabei war. Weil wir seinetwegen so viel zu kämpfen hatten.

Wir sind inzwischen an einem Punkt, an dem Dr. R nur noch den Kopf in die Hände nimmt, sobald ich ihn erwähne. Ich mag es, wenn er sich den Kopf hält, weil es bedeutet, dass er mich wahrnimmt, so richtig wahrnimmt. Das ist die Essenz meines Abstiegs zum Ritzen: Man steckt fest zwischen einem schrecklichen Geheimnis und einem schrecklichen Geheimnis, das, wenn es enthüllt wird, zur Folge hat, dass die Leute herschauen, dass sie einem zuhören. Dein Schmerz kann nicht länger ignoriert oder falsch gedeutet werden.

Dr. R holt tief Luft und richtet sich auf. »Ich will nicht, dass Sie ihn wiedersehen.«

»Aber ich *kann* nicht aufhören, an ihn zu denken!«

»Dann schreiben Sie darüber.«

»Wie?«

»Schreiben Sie ein Drehbuch!«

Zwei Wochen lang sitze ich nur noch mit meinem Laptop in einem Café. Und nach zwei Wochen ist das Drehbuch fertig. Nur weil mich ein Schriftsteller aus einem fahrenden Wagen warf und mir das Herz brach, hat mir Dr. R geraten, ein Drehbuch zu schreiben, was ich brav tue. Mit dem Ergebnis, dass mich William Morris unter Vertrag nimmt, was mir eine neue, zufällige Karriere ermöglicht, die allerdings erst richtig aufblüht, als Dr. R schon zu krank ist, um es zu erfahren.

Er wusste nur von dem Vertrag mit William Morris und dass ich nach L. A. zog. Alles Weitere bekam er nicht mehr mit.

Dein Kind sollte nie vor dir sterben. Dein Psychiater sollte auch nie vor dir sterben. Nach meinem Selbstmordversuch ging meine Mutter ins Nobelviertel zu ihrer alten Therapeutin von früher, als sie etwa in meinem Alter war. Manche Leute stellen sich ihre Zukunft vor und sehen sich bei der Hochzeit ihrer Tochter. Ich dagegen hatte immer die romantische Vorstellung, dass ich, wenn meine Tochter sich das mal antun würde, nach New York zu Dr. R gehen würde.

Bestandsaufnahme – Stellen und Orte, an denen man sich ritzen kann:
*Oberschenkel*
*Bikinilinie*
*Nacken*
*Fußknöchel*
*Oberarme*
*Unterarme*
*New York*
*Los Angeles*
*London*
*Wellington*
*(Sunset Strip Hotel Room Special)*
*Im Chateau Marmont*
*Im Standard*
*Im Mondrian*

Nach dem Aufenthalt im Mondrian, einem der besten und modernsten Hotels in West Hollywood, folgt eine sehr lange Pause im Ritzen. Dort wohne ich auf Kosten von Sony Music und interviewe die sehr talentierte und schwer gestörte Soulsängerin Macy Gray für den *Telegraph*. In unseren mehrtägigen Gesprächen redet sie mit der Wand und nuschelt in ihre Hände, und ich merke immer deutlicher, dass sie vermutlich nie mehr in die Realität zurückkommen wird. Das nimmt mich ziemlich mit. Denn es ist das erste Mal, dass ich bei einer Unterhaltung das Gefühl habe, die Gesunde zu sein.

# 13. Kapitel

Bestandsaufnahme – Typen, an die ich schon beim Masturbieren gedacht habe:
*Martin Sheen in der Anfangsszene von* Apocalypse Now, *in der er betrunken ist und sich mit einer Glasscherbe ritzt.*
*Cat Stevens, Innenhülle von* Teaser and the Firecat.
*Bob Dylan, als Clown geschminkt und mit Jackett, im Video von 1975 auf seiner* Rolling-Thunder-Revue-*Tournee.*
*So was von süchtig! Ein Süchtiger, der Fundamentalist wurde. Betonung auf Mentalist!*
*Außerdem: Chaim Topol in* Anatevka, *als er sich auf die Brust klopft und »YA DA DA DA DA DA!« schmettert. Aber ich weiß nicht, was er ist – außer einfach nur schräg.*

Kurz und gut: Bist du ein alkoholischer / extremistischer / narzisstischer »*Schtetl*-Bewohner« und/oder hast eine kräftige Stimme?

Dann liebe ich dich!

Der Laie wird jetzt bestimmt wie Dr. R vor ihm sagen, dass Männer und mein Verlangen nach ihnen sehr viel mit meiner emotionalen Gesundheit zu tun haben. Dazu kann ich zu meiner Verteidigung nur sagen, dass man als serielle Monogamistin vor dem Problem steht, dass es keine wahllosen oder unwichtigen Begegnungen gibt: Jeder, mit dem du schläfst, bedeutet dir etwas und wird ein Teil deines Lebenslaufs.

Irgendwann wache ich auf und denke: Scheiß drauf! Ich will keinen Mann in meinem Bett mehr, nie mehr. Wenn ich etwas will, dann eine Katze.

Nachdem ich einen Monat lang jeden Morgen mit diesem Gedanken aufgewacht bin, rede ich so lange auf Dr. R ein, bis er mir erlaubt, dass ich mir eine herrenlose Katze zulegen darf. Das ist ein Riesending für mich. Ich darf für ein anderes Wesen sorgen, nicht mehr nur für mich selbst. Es mag skurril klingen, aber es ist der größte Schritt, den ich jemals in Richtung psychische Gesundung getan habe. Er entzieht mich dem Machtbereich der Männer, stabilisiert meine Psyche, macht mich ein kleines bisschen weniger egoistisch und sehr viel verantwortungsbewusster. Klar, dass ich mich für einen kleinen Kater entscheide!

Perrys früherer Besitzer kam am 11. September ums Leben. Als ich Perry zum ersten Mal sehe, sitzt er in einem Kleintierladen in einem Käfig. Dorthin haben ihn die Leute vom Tierheim gebracht, als niemand Anspruch auf ihn erhob. Doch kaum wird seine Vorgeschichte bekannt, wollen ihn alle haben. Er ist wirklich ein sehr hübsches Kerlchen, cremefarben mit aprikosenfarbenen Flecken. Mir ist aufgefallen, dass viele Amerikaner die Überlebenden einer Tragödie wesentlich lieber haben, wenn diese sie nicht körperlich entstellt hat.

Perry darf also mit mir nach Hause. In dem Moment, als er durch meine Tür geht, ist klar, dass er nicht mein Haustier ist und ich nicht direkt seins, sondern dass wir so etwas wie Seelenverwandte sind. Am ersten Abend sitzt er auf dem Klodeckel und schaut mir aufmerksam beim Baden zu. Ich versuche mehrmals, eine Spur von Laszivität oder Einschätzung in seinem Blick zu entdecken. Das bin ich so gewohnt. Doch da ist nichts.

Als wir noch in New York sind, dreht Perry jedes Jahr am 11. September durch. Rastlos dreht er seine Runden im Apartment, immer und immer wieder, als sei er hinter Staubflöckchen her. Er heult den Mond an, ob man ihn sieht oder nicht. Andere Leute, die ein 9/11-Haustier aufnahmen, oder später

Hunde und Katzen vom Hurrikan Katrina, erzählen ähnliche Geschichten. Auch deren Tiere sind dann immer total neben der Spur.

Nach zehn Monaten glücklichen Zusammenlebens mit Perry darf ich mir Junior zulegen. Junior ist ein rötlich-brauner, kurzhaariger Kater, nicht annähernd so hübsch wie Perry, aber unendlich viel weicher (Fell, Köpfchen und Herz).

Die Leute vom Tierheim haben mir genau erklärt, wie ich vorgehen muss, damit sich die Katzen aneinander gewöhnen.

»Sie nehmen Junior jetzt in der Transportbox nach Hause. Dort stellen Sie die Box mitten ins Zimmer und lassen ihn für ein paar Stunden darin, damit Perry ihn in Ruhe beschnüffeln kann.«

Das Problem ist nur, dass es schneit, als ich Junior nach Hause trage, sodass er als trauriges, feuchtes Fellbündel dort ankommt. Eigentlich darf ihn nicht herauslassen, aber ich kann nicht anders, um ihn mit einem Handtuch trockenrubbeln zu können. Perry starrt mich mit einer Mischung aus Schock und Hass an.

Danach muss ich Junior für vierundzwanzig Stunden im Badezimmer einschließen, damit sie einander unter der Tür mit der Pfote betatschen können. Das bedeutet aber, dass ich nicht ins Bad kann, um mich zu ritzen, und das tue ich nur dort. Ich habe also einen Tag frei und irgendwie ist der Bann dadurch gebrochen – wie durch einen Reinigungsprozess. Außerdem hat Junior einen Lecktick. Er leckt mich. Andauernd. Seine rauhe Zunge tut ein bisschen weh, aber längst nicht so sehr wie eine Rasierklinge. Ich habe das Gefühl, in einer Reha-Klinik zu sein.

Zu guter Letzt sitzen Perry und Junior auf der Couch, jeder auf einer anderen Seite. Sie schauen stur geradeaus, wie Gäste bei einer Dinnerparty, denen beim Smalltalk der Gesprächsstoff ausgegangen ist. Daran hat sich bis heute nichts geändert.

Die Leute vom Tierheim sagten mir, dass Juniors Mutter ein Backstein auf den Kopf gefallen ist, und ich vermute, dass er auch etwas davon abbekommen hat, weil er irgendwie nicht alle Tassen im Schrank hat. Das ist interessant, denn es macht ihn so lieb. Nicht lange, nachdem ich ihn hatte, verschwand er und wurde von einer anderen Katze, die im Souterrain wohnt, gefunden. Deren Besitzerin sagte mir, ihre Katze hätte ständig an der Tür des Abstellraums gekratzt, in dem Junior mehrere Tage lang festsaß. Es war ungefähr zur Zeit der Entführung von Elizabeth Smart, einem Mädchen aus Salt Lake City, das neun Monate lang verschwunden war. Als Junior wieder da ist, schickt Dad mir ein »künstlerisch bearbeitetes« Exemplar des Titelbilds der *Time*, mit dem wie durch ein Wunder entdeckten Teenager, mit dem Schleier, den sie hatte tragen müssen. Es ist ein Pop-up-Cover, von Dad konstruiert und mit einem aufgeklebten Schleier. Hebt man den an, sieht man nicht das Gesicht von Elizabeth Smart darunter, sondern ein Foto von Junior.

»Ich bin so froh, dass ich ihn wiederhabe«, sage ich zu Dr. R. »Ich wünschte, ich müsste nie mehr einen festen Freund haben, nie, nie mehr.«

Tja, die berühmten letzten Worte …

# 14. Kapitel

Simon lerne ich bei einer Dachterrassenparty mit Barbecue in Manhattan kennen. Alle um uns herum sind schlagartig überflüssig. Ich schlendere über die Dachterrasse, betrachte den Sonnenuntergang und spüre genau, dass er mich beobachtet. Er verschüttet einen Klecks Guacamole auf meine weiße Jeans. Um ihm zu zeigen, dass es mir nichts ausmacht, greife ich mit der ganzen Hand in die Avocadosauce und schmiere mir das Zeug auf das ganze Hosenbein. Mum wird sagen, dass ich in der Zeit mit Simon total bescheuert war, aber ich glaube, dass es nur Vorkommnisse wie dieses waren, auf die sie ihre Theorie stützt.

»Ihr Mann ist wunderbar zu Kindern«, sagt ein anderer Partygast zu mir, als Simon, den ich gerade mal eine Stunde kenne, jemandem hilft, einen Buggy die Treppe hinunterzutragen. Ich schaue die Frau an und sage das meiner Meinung nach einzig Passende: »Oh, danke.«

Nach diesem Tag lassen wir uns quasi nicht mehr aus den Augen, obwohl wir aus beruflichen Gründen oft getrennt sind. Während ich meine Sachen mache, begräbt er seine Vergangenheit – allerdings lebendig. Simon ist kein Weißer, und er will nicht, dass ich weiß bin. Es ist Sommer, ich bin braungebrannt, und als wir uns trafen, hielt er mich für eine Latina. Ich lasse ihn in dem Glauben.

»Na und«, sage ich zu Dr. R, »das stört mich nicht.«

Doch als Simon merkt, dass ich keine Latina bin, gibt es ein Problem. Ich muss gebräunt bleiben, weil seine Freunde ihn sonst vielleicht schief ansehen würden, meint er. Nach unserer Trennung werde ich wieder blutleer und blass. Aber davor haben wir eine einjährige Fernbeziehung. Wir treffen uns einmal im Monat in L. A., normalerweise im Chateau Marmont. Wir waren verrückt nacheinander wie nach einer Droge. Am Telefon machte er immer ein Wahnsinnstheater, stieß Drohungen und Verwünschungen aus, trommelte sich auf die Brust. Dauernd war Krise, dauernd gab es Drama und Hysterie.

Wir wollten nur konsumieren und subsumieren, alles haben und alles wieder zerstören. Es war schrecklich. Er redete über den Quell der Schmerzen, den wir seiner Meinung nach teilten, und sagte, wie sehr er die Juden wegen der Greueltaten, die sie erleiden mussten, bewundert.

Wir ritzen zusammen, mehrmals. Manchmal geht *er* etwas zu weit, manchmal ich. Einmal ruft er Dr. R vom anderen Ende der Welt aus an. Ich sitze hinten im Wagen, als er Dr. R am Telefon hat. Ich begreife nicht ganz, wie. Dort ist es schon morgen. Oder gestern. »Mir helfen?«, frage ich pathetisch. Sauge mich durchs Telefon und spuck mich auf der East 94th Street wieder aus!

»Alles okay«, sagt er. Es klingt, als müsse er sich selbst davon überzeugen.

Zurück in New York, haben wir eine katastrophale Sitzung, in der sich die beiden Männer kennenlernen.

Ich erzähle, dass Simon am Vortag erst dann zu einem wichtigen Meeting ging, nachdem ich ihm versprochen hatte, nicht schwimmen zu gehen, solange er weg war. Er wollte nicht, dass andere Männer meinen »perfekten« Körper sehen. Das hat mich irritiert. Ich sagte ihm, dass ich diesen Körper nicht ewig haben würde, und deshalb dürfe er nicht so fixiert darauf sein.

Simon blickte zur Decke, schniefte und ließ seine Fingerknöchel knacken. »Da hast du mich missverstanden. Du hast Hängetitten und diese Dehnungsstreifen am Arsch. Damit wollte ich doch nur sagen, dass dein Körper für *mich* ›perfekt‹ ist!«

Ich starre angestrengt auf den Teppich.

Dr. R fragt mich: »Alles okay mit Ihnen?« Doch ich bleibe ihm die Antwort schuldig.

Ich entschuldige mich und flüchte mich auf die Toilette. Dort flippe ich aus. Dann reiße ich mich wieder zusammen. Ich gehe zu Dr. Rs Sprechzimmer zurück und klopfe an die Tür. Dr. R streckt den Kopf heraus. Ich kann ihm nicht in die Augen sehen.

»Simon soll gehen«, sage ich.

Simon geht. Ich kann ihm nicht ins Gesicht schauen, als er an mir vorbeigeht, doch selbst seine Füße sehen reumütig aus.

Ich setze mich wieder auf den Drehstuhl. Ich kann nicht aufblicken.

»Emma?«

Ich bleibe stumm.

»Emma?«

Solange ich den Teppich anstarre, habe ich mich nicht in diesen Schlamassel geritten mit diesem Mann, und dann liebe ich ihn nicht und habe nichts zu befürchten. Dann endlich ringe ich mich dazu durch, Dr. R anzuschauen. Ich sehe ihm an, dass er sich wünscht, er hätte Simons Gemeinheit nicht hören müssen. *Ich* habe ihn in diese peinliche Situation gebracht. Simon hat zwischen Dr. R und mir eine Art Wand errichtet. Dr. R holt tief Luft. Obwohl er keinen Ton sagt, höre ich ihn seine Häkchen machen, ohne es zu sehen. Endlich sagt er etwas.

»Das ist nicht gut.«

Das hat er noch nie gesagt. Er blickt zur Tür. Ich habe ihn schon tausend Mal gefragt, ob sie wirklich schalldicht ist. Doch nun sieht er hin, als könnte Simon uns hören. Simon merkt es, wenn ich lüge. »Ich erkenne den Rhythmus einer Lüge«, sagt er, und es stimmt.

»Ein sehr zorniger junger Mann.«

»Mhmm.«

Von Schluchzern geschüttelt, sage ich etwas höchst Überflüssiges. »Er kann mich total fertigmachen.«

»Genau deshalb hat er es gesagt. Er fühlte sich in die Enge getrieben und schlug einfach um sich.«

Ich höre Dr. R zu. Ich sage nichts, weil ich nicht sprechen kann, und folglich kann ich nur zuhören.

Ich verlasse die East 94th Street, gehe in mein Apartment zurück und mache mit Simon Schluss.

Fertig, aus, erledigt. Ich bin frei!

Zehn Tage später stelle ich fest, dass ich schwanger bin.

# 15. Kapitel

Immer wenn ich in einem der Cafés in West Village weine und Ginger Ale trinke, um meine schwangerschaftsbedingte Übelkeit zu bekämpfen, sehe ich Monica Lewinsky vor mir. Sie taucht wie ein Geist aus der Flasche vor mir auf. Es ist keine Halluzination. Sie tröstet mich nie, fragt mich aber nach Diättipps, als wir irgendwann ins Gespräch kommen. Sie tut mir echt leid. Am liebsten würde ich dem Präsidenten meinen G-String an den Kopf werfen! Verständlich … Monica verkörpert die junge weibliche Sexualität und die Angst davor und verursacht tatsächlich beinahe den Untergang der westlichen Welt. Ich spüre einen Touch von Antisemitismus in Leitartikeln wie: »Himmel, warum ausgerechnet *die*?« Sie ist wie Glinda, die gute, traurige Hexe aus dem *Zauberer von Oz*.

Es gibt Opfer, nicht nur von Mördern wie Chandra Levy, sondern auch von Sex und Lust, von Liebe. Arme Monica.

Ich weiß noch, was ich anhatte, als ich Simon kennenlernte, und ich weiß auch noch, was ich anhatte, als ich das abtrieb, was unser Kind hätte werden können. Im ersten Fall eine weiße Jeans und ein bauchfreies Oberteil, goldene Ketten, Ringe, Armbänder und Armreifen. Ich hielt mich für eine JLo oder ein Gypsy-Girl, eine Zigeunerin, die ihre eigene Zukunft voraussagen konnte, dabei war ich nur die Emma von nebenan. Beim Gehen klimperte ich, aber nicht so laut, als dass ich seine Blicke nicht spüren konnte, die förmlich an mir klebten.

Im zweiten Fall machte ich mir auch viele Gedanken über mein Outfit und legte es am Vorabend zurecht, wie früher, als ich noch zur Schule ging. Als wäre ich meine eigene Mutter. Oder ein Echo, das aus einem parallelen Universum herüberhallt, wo ich die Mutter von jemandem war, die Beschützerin dieses Dings in meinem Bauch, das meinen Magen jeden Morgen von acht bis zehn Uhr in Aufruhr bringt und meine Brüste jeden Nachmittag von drei bis fünf Uhr schmerzen lässt. An jenem Herbstmorgen um neun Uhr früh zog ich meine alten Converse-Sneakers an, ein dünnes orangefarbenes T-Shirt, eine Jeans, einen Marc-Jacobs-Sweater mit Herzchen darauf – Liebe, Liebe, kindliche Liebe, die in unserem Fall nicht in einer perfekten Herzform komprimiert blieb, sondern in Enttäuschung, Wut und Eifersucht umschlug – und unwiderruflich zerbrach, genau in dem Moment, als sich der Fötus materialisierte.

Man sah es mir sehr früh an. Erst sechs Wochen, aber schon sichtbar. Ich wollte, dass er es vor dem Abbruch noch sieht (das Datum war in Stein gemeißelt, mein Körper veränderte sich schon). »Ich wette, du siehst wunderschön aus«, sagte er am anderen Ende der Welt. Er war immer am anderen Ende der Welt. »Stimmt.« Na und? Ich hatte es von Anfang an gewusst, er war der erste Mann, den ich in mein Inneres ließ, weil ich ihn liebte – auch wenn meine Freundinnen und meine Familie, die uns immer nur streiten sahen, es nicht verstanden –, und nicht, weil ich hören wollte, ich sei wunderschön.

Danach sprachen wir uns nicht mehr. Ich weinte, als ich im Umkleideraum vor dem Spiegel in den OP-Kittel schlüpfte. (Warum ein Spiegel, warum dort?) »Sie sehen … jung aus«, sagte Margaret, meine Gynäkologin, und zupfte spielerisch an meinem Pferdeschwanz. Sie war eine total glamouröse Mittfünfzigerin, die immer nur einen engen Rock und High Heels trug, ein tolles Dekolleté hatte und perfekt geföhnte, rote Haare. Dass sie sich von ihren Patienten mit dem Vornamen anreden lässt, verleiht ihr die Aura der *einen* coolen Lehrerin, die jedes *Bad Kid* hat. In ihrer Gegenwart fühlte ich mich immer wie eine restlos unweibliche, unsexy Göre aus der Gosse, was mir unter diesen Umständen ganz recht geschah, weil ich mir diese Suppe wegen Sex eingebrockt hatte. Eine Urlaubsreise mit 21-stündiger Zeitverschiebung hatte mich durcheinandergebracht und ich hatte mit der Pilleneinnahme geschlampt. Als ich danach zu Margaret ging, machte sie einen Test und sagte dann: »Sie sind ein bisschen schwanger.«

»Ein bisschen schwanger? Ist das so ähnlich wie ein bisschen ›Nazi‹ sein?«

»Sie sind schwanger. Aber wenn Sie die Schwangerschaft unterbrechen wollen, müssen wir noch ein paar Wochen warten, bis wir operieren können.«

Und so bleibt Bushs zweite Amtseinführung für mich auf ewig mit dem Warten auf meine erste Abtreibung verbunden. Körperlich war es keine große Sache. Nein, ich bereue es nicht. Ich glaube, Simon litt mehr, besonders weil er nicht dabei sein konnte. Genau wie Pornografie dazu führt, dass Frauen Männer genauso stark hassen wie Männer Frauen, weckt eine Abtreibung in Männern fürchterliche Aversionen gegen Frauen. Vielleicht liegt es schlicht und ergreifend daran, dass sie keine Kontrolle über etwas haben, an dessen Entstehung sie beteiligt waren. Doch wie Simon zugab, drehte er fast durch, als ich den Abbruch machen ließ, obwohl er das Kind nicht wollte. »Hey«, sagte Margaret. »Das erlebe ich dauernd.«

Eine Freundin kam zu mir, damit ich nicht allein war, eine Frau in meinem Alter, die gerade eine Scheidung durchmachte. Wir lagen in der merkwürdigen frühherbstlichen Sonne und flehten sie an, unsere Traurigkeit und unser Versagen auszubleichen. Ich schlief jede Nacht mit den Händen auf dem Bauch. Meine Katzen, die kein Baby, sondern hormonelles Chaos und Drama rochen, stritten sich darum, wer auf meinem Bauch schlafen durfte. Ich redete ständig mit dem Zellhaufen. Sie aber haben kein einziges Mal geantwortet.

Einmal treffe ich einen jungen Skater, den ich vage aus der Zeit meines Selbstmordversuchs kenne. Er schaut mich groß an, und ich spüre, dass er nicht ausspricht, was er denkt: Oh, ich wusste gar nicht mehr, ob sie überlebt hat oder nicht.

Nein, nur schwanger.

Wenn es je einen Beweis dafür gab, dass jedes Leben alternative Erzählstränge haben kann, dann meins. Ich und ein fünfjähriges Kind haben? Ich noch immer in dieser schrecklichen Beziehung, auf der man herumkaut wie auf einem alten Kaugummi?

Ich weiß, dass ich über die Abtreibung schreiben werde, und das tue ich dann auch. Während es in mir ist, als es weg ist, das Schreiben hilft mir gegen die Depressionen, hält meinen Untergang auf. Ich gebe dem Fotografen Nick Knight ein kurzes Drehbuch, er gibt es der italienischen Schauspielerin Asia Argento, und sie machen einen verrückten Kurzfilm daraus. Sie spricht mir auf den AB wie eine sexy italienische Version von Selma und Patty von den *Simpsons*: »Hi, ich bin Äi-schi-ah.« Als ich das fertige Werk sehe, hat sie sich entschieden, direkt in die Kamera zu sprechen.

Sie mag meinen Schreibstil, weil ich so unglücklich wirke. Aber das trifft eigentlich nicht zu. Ich bin weniger unglücklich, als man aus meinem Schreiben schließen würde, besonders seit der Tag des Eingriffs feststeht. Nach all dem abstrakten, zähen Liebesschmerz endlich etwas Konkretes! Eine Liste mit postoperativen Verhaltensregeln von der Ärztin! Freundinnen, die da sein sollten, um zu überprüfen, ob ich noch atme.

»Kommt Ihre Mutter her?«, fragt Dr. R, bevor ich mich dem Eingriff unterziehe.

»Ja.«

Er wirkt betrübt. Zum ersten Mal spüre ich so etwas wie väterliche Gefühle von seiner Seite. Ich bin traurig, weil ich ihn traurig mache. Und ich nehme mir vor, dass es nie wieder vorkommen wird.

Da ich noch Wochen warten musste, war mir klar, dass ich

genügend Zeit haben würde, darüber nachzugrübeln, ob ich es nicht vielleicht doch behalten und ihm die Chance geben sollte, sich zu einem Baby zu entwickeln. Natürlich habe ich darüber nachgedacht! In meiner Phantasie lebte ich in finanziell gesicherten Verhältnissen und hatte einen Partner. Und der Vater lebte nicht am anderen Ende der Welt.

Shannon und Bianca waren für mich da. Insgesamt war diese Erfahrung eine der bewegendsten meines Lebens, da sie alle, die mich liebten, zusammenbrachte, von meinen Freundinnen bis hin zu meinen Eltern. Aber schließlich genieße ich den Luxus, mich dem Schmerz hingeben zu können, weil ich ein Mädchen aus dem Mittelstand bin, das in ein engmaschiges familiäres Netz eingebettet ist.

Ich erholte mich schnell, fast augenblicklich. Beim Aufwachen hatte ich fünf Minuten lang leichte Bauchkrämpfe. Ich musste mich nicht übergeben. Ich ging nach Hause, legte mich ins Bett und schlief für zwanzig Minuten. Als meine Mutter eine Stunde später aus England eintraf, stand ich bereits in der Küche und machte für Bianca einen Toast.

Für mich war die Abtreibung ein Schlussstrich, da meine Beziehung zum Vater nicht überlebt hat. Er wollte kein Kind, wollte aber, dass ich sein Kind haben will. Aus meiner Sicht war es so: Ich wollte kein Kind, aber ich wollte, dass er mein Kind wollte. Das taten wir auch. Aber in einem Paralleluniversum. Nicht auf dem Niveau der Bilder in der konservativen *Daily Mail* im Sinne von »Das hier hätte ein Mensch werden können!«; es war in seiner Traurigkeit etwas Abstrakteres. Unser amouröses Chaos war eine Sache zwischen Erwachsenen. Meine Weigerung, ein Kind mit hineinzuziehen, war mein erster Akt von Beschützerverhalten. Es war schmerzlich. Es war richtig. Unsere erste und einzige Tat als liebende Eltern bestand darin, das Kind *nicht* zu bekommen. Es war das einzig Liebevolle, das wir je füreinander getan hatten.

# 16. Kapitel

Im Flieger zum Sundance-Filmfestival in Salt Lake City setzt sich ein Mann neben mich. Es ist zehn Uhr morgens, und er hat sich die Zeit an der Bar vertrieben, während unser Flugzeug gereinigt wurde. Die Alkoholfahne, die er zum Mittelsitz mitbringt, würde mich stören, wenn er nicht zufällig mein Lieblings-Dramatiker wäre. Sein Können ragt wie ein hoher Berg vor allen Leuten meines Alters auf, die Schriftsteller werden wollen. Irgendwie passend, dass er ungewöhnlich groß ist. Nach dem Flug schickte mir dieser Hüne ein Exemplar seines neuesten Stücks, mit Autogramm und der Anmerkung: »Wenn du dieses Stück nicht brillant findest, musst du geisteskrank sein.«

Wir haben eine Zwischenlandung in Chicago, aber ich lande nicht in seinem Bett. Das liegt wohl hauptsächlich daran, dass ich in meinem Schlafstrampler in die Hotelbar hinuntergehe, um ihn zu suchen. Doch die ist mittlerweile in einen Nightclub umfunktioniert worden. »Miss«, faucht mich ein Türsteher an, »*so* kommen Sie hier nicht rein!« Die anderen Frauen haben ungelogen Bikinis mit Pelzbesatz an. Als ich mein großes Idol, den ich »Loom« nenne, später an unsere »Beinahe-Romanze« erinnere, sagt er stirnrunzelnd: »Ich hatte an dem Abend nicht vor, mit dir zu schlafen.«

»Oh«, sage ich. »Ich schon.«

»Oh«, sagt er. »Flittchen!«

Zurück in New York, stelle ich fest, dass Simon in der Stadt ist und mich heimlich verfolgt, jetzt ist offenbar er dran. Ich ignoriere ihn.

Loom und ich gehen abendessen. Was ich nicht weiß, ist, dass Simon während meiner Abwesenheit an meinen Computer ging und meine alten E-Mails las. In einer Mail, von Loom, steht: »Meinst du, wir werden irgendwann miteinander ins Bett gehen?« Ich kenne ihn inzwischen gut und kann seinen Tonfall förmlich hören. Er sagt es so wie: »Meinst du, der neue David-Lynch-Film taugt etwas?«

Loom und ich sehen uns *Monty Python's Spamalot* an.

Im Saal wird es dunkel. Doch ich sehe noch, dass Simon direkt vor uns sitzt.

Mir schwant, dass der größte Stückeschreiber unserer Generation meinetwegen in eine Schlägerei verwickelt werden wird. Und das in der Anfangsszene des Monty-Python-Musicals! Eine unmögliche Situation! Aber so ist mein Leben nun mal. Loom richtet sich zu voller Größe auf. Simon begreift, dass er diesen Kampf vermutlich nicht gewinnen wird. *Cut!* Einige Stunden später hat sich Loom souverän zurückgezogen, und Simon und ich sind im Badezimmer. Er schließt die Tür ab.

»Sollen wir es tun?«

»Was?«

»Uns umbringen?«

Ich mustere Simon. Zum ersten Mal fällt mir auf, wie viel größer er ist als ich. Ist es nicht seltsam für eine Frau, die ständig an sich herumschnippelt, sich vor jemandem zu fürchten, der ihr wehtun kann? Ich weiß nicht, was tun, und da fällt mir ein, dass ich mir neulich im Traum den eigenen Fuß abgenagt habe, um einer Ratte zuvorzukommen. Ich schnappe mir eine Rasierklinge und ritze mir den Bauch, ziemlich tief. Der Anblick von so viel Blut überrascht ihn. Mich auch. Er schließt die Tür wieder auf. Wir legen uns aufs Bett. Ich drücke ihn an mich, weil ich Angst vor ihm habe. Wie oft lassen wir jemanden ganz nah an uns heran, damit er nicht ausholen und zuschlagen kann? Ich will ihn nicht mehr, aber ich halte ihn fest, bis ich ihn aus meiner Wohnung habe, und dann will ich ihn nie wieder halten.

# 17. Kapitel

Am nächsten Tag begutachtet Dr. R meine Bauchschnitte. Wie ein richtiger Arzt, der er natürlich ist, aber es kommt mir irgendwie komisch vor.

»Haben Sie die Wunden ordentlich gesäubert?«

»Ja.«

»Mit Neosporin?«

»Bacitracin. Ich hab echt Mist gebaut.« Ich bin selbst überrascht, als ich noch hinzufüge: »Ich wünschte, ich hätte es nicht getan.«

»Jetzt haben Sie ein Andenken.«

Er würde nie sagen: »Jetzt sind Sie rückfällig geworden!« Er nennt es immer »ein Andenken«.

Dann fährt er fort: »Es ist nicht ohne Grund vorbei. Sie passen jetzt auf sich auf.«

»Echt?«

»Ja. Und ich hielte es für eine sehr gute Idee, wenn Sie zu einem SLA-Meeting gehen.«

Ich starre ihn verblüfft an.

»Sie wollen im Ernst, dass ich mich der Symbionese Liberation Army anschließe?« (Ich wusste gar nicht, dass es diese terroristische Guerillagruppe in den USA noch gab.)

Er lacht schallend. »Es steht für ›Sex and Love Addicts‹. Eine ähnliche Organisation wie die Anonymen Alkoholiker.«

»Was?! Ich bin doch nicht sexsüchtig!«

»Sie zeigen gewisse Symptome von Abhängigkeit.«

»Stimmt, aber es sind angenehme Symptome. Wie Blumenmuster auf Stoffen, also Liberty Prints, oder so.«

»Können Sie nicht mal für einen Moment ernst sein?«

»Doch, klar. Okay, ich zeige Symptome von Abhängigkeit. Aber ich bin eine Frau. Das ist doch normal!«

Er macht sich eine Notiz. Ich schaue ihn provozierend an.

»Tun Sie, was Sie wollen. Ich finde nur, dass es wert wäre, sich das mal anzusehen.«

Ich nehme die Telefonnummer entgegen, die er mir reicht.

»Warum hat es mit Simon nicht geklappt?«

Er schüttelt den Kopf. »Man kann niemanden bedingungslos lieben, der voller Selbsthass ist.«

Als ich nach dieser Sitzung mit der U-Bahn nach Hause fahre, höre ich mir *Helplessly Hoping* von Crosby, Stills & Nash an. Der Wagen ist leer, und ich kann mitsingen – ich trällere – mehr schlecht als recht – vor mich hin, bis sechs oder sieben Mädchen zusteigen. Ihre Trainingsanzüge weisen sie als Baseballmannschaft aus. Alle sind Latinas, ungeschminkt. Sie haben kräftige Körper. Ich höre ihnen eine halbe Stunde lang zu. Es geht nicht *einmal* um Jungs. Sie reden und reden und versichern sich gegenseitig, wie toll sie gespielt haben. Eine beginnt plötzlich von hellen Augen zu sprechen und fragt sich, wie es wohl sein mag, welche zu haben. Aufgeregt nehme ich meine Brille ab.

»Meine sind gelb. Ungelogen. Aber nur in der Sonne.« Sie scharen sich um mich, um es zu überprüfen.

*»Ungelogen!«*

»Wie fühlt sich das an?«

Ich mustere das Mädchen, das mir diese Frage gestellt hat, während ich überlege. Dann blicke ich nach unten, sehe, dass ich schön braun bin und dass die Sonne die Narben an meinem Handgelenk hervortreten und heller werden ließ. Auf meinem Arm könnte eine Maus wunderbar Himmel und Hölle spielen. Das Mädchen wartet auf eine Antwort. Ich drehe den Arm um.

»Gut.«

Es gibt keine Ophelia in der Gruppe. Das dürfte massiv dafürsprechen, wie wichtig Mannschaftssport für Mädchen ist.

Sie stehen auf, und beim Aussteigen dreht sich die Anführerin noch einmal um und ruft mir zu: »Passen Sie auf Ihre schönen Augen auf!«

Ich verspreche dem Mädchen, es zu tun – Versprechen, die man fremden Menschen gegenüber macht, lassen sich leichter halten – und erst als ich auf dem Weg zu meiner Straße bin, fällt mir auf: Es ist mir ernst damit.

Sobald Simon weg ist, finde ich wieder mehr zu mir. Es geht mir so gut wie selten, vielleicht sogar besser denn je. Ich kann wieder klar denken. Nicht so impulsiv. Meine Wohnung ist aufgeräumter. Ich gehe ständig spazieren. Ich reiße mir den Arsch auf, um mich gesund zu ernähren, und tatsächlich schrumpft selbiger. Ich mache Krafttraining bei einer total verrückten jungen Russin, was mich nicht nur fit macht, sondern auch zur Folge hat, dass ich jeden Dienstag und jeden Donnerstag um elf Uhr morgens eindeutig zurechnungsfähig bin. Klingt privilegiert, aber es geht auch kostenlos, indem man zum Beispiel am Fluss entlangjoggt und auf Schokotörtchen verzichtet. In meinem Fall ist es keine körperliche, sondern eine geistige Diät. Fisch, igitt – essen! Gemüse, igitt – trinken! Mein Freundeskreis und auch Fremde sind entsetzt über meine grünen Säfte, die ich mit einem Strohhalm schlürfe. Ich gehe ins Licht. Und das buchstäblich, weil ich in ein Apartment umziehe, wo ich für genau denselben Preis viel mehr Licht abkriege.

Meine Eltern sind offenbar ähnlich gut drauf.

Betreff: *Lagebericht aus Prag*
Datum: *Sonntag, 27. August 2006, 4.55 h*
*Es war zum Totlachen, als uns der Golem im Mondschein über die Karlsbrücke gehetzt hat. Glücklicherweise konnten wir uns in riesige Insekten verwandeln, und das hat uns gerettet.*
*Alles Liebe von*
*Wesen der Unerträglichen Leichtigkeit des Seins*

# 18. Kapitel

Zum allerersten Mal wirkt Dr. R an diesem Tag etwas unkonzentriert. Er sieht ständig auf sein Telefon, als könnte es jeden Moment etwas Überraschendes tun. Irgendwann entschuldigt er sich und geht ins Nebenzimmer, um einen Anruf entgegenzunehmen.

»Tut mir leid.«

»Was ist los? Finden Sie mich plötzlich nicht mehr interessant, weil es mir besser geht?«

»Einer meiner Patienten ist am Wochenende beinahe an einer Überdosis gestorben. Im Chateau Marmont.«

»Hups, wie John Belushi.«

»So ähnlich.«

»Ist er berühmt?«

»Emma!«

»Er war berühmt, stimmt's? Weiß die Presse davon?«

»Noch nicht.«

Wie es scheint, setzt sich dieser Patient in meinem Hinterkopf fest, obwohl ich mich nicht erinnern kann, dass ich ihn für spätere Verwendung speichern wollte – bis er zwei Jahre später bei einem Dinner neben mir sitzt.

Auf Flughäfen bekomme ich immer Lust, mich bei meinen Exfreunden zu melden. Ich war am Flughafen von Atlanta, Georgia, und schrieb eine E-Mail an den berühmten Autor, der mir jahrelang zu schaffen gemacht hatte. Ich sagte mir, ein paar nette, freundliche Zeilen könnten nicht schaden. Doch dann kam das heraus:

*Hey,*
*war gerade in der multikonfessionellen Kapelle. Schritt im Terminal auf und ab und sagte mir: »Jetzt geh ich hinein.« Doch als ich es endlich tat, was fand ich vor? Einige Muslime, die eifrig SMS-Nachrichten schrieben. Und in der Ruhezone, wo das Schild »RUHE BITTE« hängt, quasselt ein Mann in sein Handy: »Hey, bin noch gar nicht dazugekommen, dir zu sagen …« Seine Stimme stockt, und ich denke mir: »Wir sind im verdammten Ruheraum.« Ich sage: »Entschuldigung, Sir, aber wir sind in der Ruhezone«, und lege die Hände wie zum Gebet zusammen, genau wie Mahatma Gandhi …*

Ich starre auf das Geschriebene und überlege: Ist das eine nette Mail an jemanden, den ich als guten Freund behalten möchte oder soll es ein Liebesbrief an einen Lover werden? Es wandert in »Entwürfe«. Dort hat sich schon einiges angesammelt. Ich bin eigentlich nicht der Typ, der lange zögert, bevor er handelt. Und ich lese es nochmal durch und merke, dass ich damit auch sagen wollte: »Wir sind im rationalen Raum, also einem Raum, in dem man sich vernünftig benehmen sollte.«

»Ich glaube«, sage ich später zu Dr. R, »mir geht es wirklich viel besser.«

Ich zeige ihm ein paar Hass-Mails, die ich zu einem meiner Bücher erhalten hatte.

»Wissen Sie, was an Hass-Mails so lustig ist? Sie lauten immer so ähnlich: ›Emma Forrest, ich habe absolut alles gelesen, was du je geschrieben hast, und konnte kein einziges Mal etwas Tröstliches entdecken.‹ Oder, warten Sie, hier: ›Ich habe Ihr Buch *Skin* schon drei Mal gelesen und muss sagen, es ist total scheiße.‹«

»Hätte es noch ein viertes Mal lesen sollen«, sagt Dr. R lachend, »da wird es erst richtig gut.«

»Aber was soll das heißen? Dass meine Erlebnisse scheiße

sind oder mein Schreiben scheiße ist oder dass *ich* scheiße bin?«

»Emma, so viele Fäkalien in einem Satz! *Skin* ist nun mal starker Tobak. Sie hatten damals auch keine leichte Zeit.«

»Okay, aber Sie wissen sicher, was J. G. Ballard schrieb: ›Ich will das menschliche Gesicht mit seiner eigenen Kotze beschmieren und es dann zwingen, in den Spiegel zu schauen‹ oder so ähnlich. Mich fasziniert dieser Satz, weil ich einen Hang zu Bulimie habe, nicht wahr?«

»Er fasziniert Sie, weil Sie einen Hang zu Humanität haben.«

»Sie finden mich echt nett?«

»Das *sind* Sie!«

»Aber ich tue doch diese nicht netten Sachen.«

»Nein, Sie neigen zu selbstzerstörerischen Handlungen und vergessen manchmal den Unterschied zwischen Dingen, die für Sie selbst zerstörerisch sind, und Dingen, die für andere zerstörerisch sind. Sie müssen einfach nur Letzterem abschwören, das ohnehin nicht Ihrem wahren Wesen entspricht, und über Ihre Anfälle von Selbstzerstörung reden wir dann, wenn es akut ist.«

»Okay.«

»Aber im Moment liegt das nicht an.«

»Warum nicht?«

»Sie sind älter geworden.«

»Das ist alles?«

»Der andere Teil auch.«

»Ich bin w–?«

»Sprechen Sie es aus!«

»Nein, denn dann muss ich Verantwortung dafür übernehmen! Dann muss ich dabei bleiben, verstehen Sie?«

Er sieht mich intensiv an. »Sagen Sie das Wort, das Ihnen auf der Zunge lag!«

»Dass ich weiser geworden bin?«

Er blinzelt. »Ganz zweifellos.«

»Weil ich älter bin?«

»Weil Sie an sich gearbeitet haben.«

Ich runzle die Stirn. »Es ist echt schön, nicht unglücklich zu sein.«

»Es gibt Menschen, die keine andere Wahl haben. Das Ende einer Beziehung brachte Sie fast um den Verstand. Um das zu verkraften, braucht es Selbsterkenntnis. Und Mut!«

Ich lächle ihn an. »Wenn ich Dorothy bin, sind Sie dann der Zauberer von Oz oder die Vogelscheuche? Sind Sie das Pferd, das seine Farbe ändern kann?«

»Ich bin der Jude mit Schreibblock und Stift. Aber um mich geht es hier nicht. Es geht um Sie! Aber unsere Zeit …«

»… ist um, ich weiß.«

# 19. Kapitel

Ich lasse mich von William Morris als Drehbuchautorin unter Vertrag nehmen, ziehe nach L. A. und habe einen »normalen« Freund, Christopher, seines Zeichens Lehrer und passionierter Surfer. Wir ziehen zusammen. In einen richtig hübschen Bungalow. Heath Ledger hatte einige Zeit hier gewohnt. Beim Einzug entdecken wir in einer Mauerritze einen Liebesbrief an ihn. Ich weiß nicht, was ich damit machen soll, und lege ihn erstmal in meinen Karton, in dem ich alles Mögliche aufbewahre. Eines Tages trifft Christopher Heath zufällig am Ozean und bringt ihn mit zu uns. Da fällt mir der Brief ein und ich überlege, ob ich ihn ihm geben soll.

Die Leute fragen immer: »Wie fühlt man sich als Christopher, als so guter Mensch?«

Er ist einfach so, von Natur aus. Wie die meisten Männer, mit denen ich zusammen war, hatte auch Christopher vor kurzem dem Alkohol abgeschworen. Doch unter deiner Abstinenz liegt dein wahres Wesen, genau wie auch unter einer psychischen Erkrankung. Manche Leute benutzen das Zwölf-Schritte-Programm der Anonymen Alkoholiker, um ihren Narzissmus zu tarnen. Andere dagegen wollen sich wirklich ändern. Das lerne ich im Laufe unseres Zusammenlebens.

Seine Mutter ist unglaublich nett und hilft uns bei der Einrichtung unseres neuen Heims. Es ist eine Art Landhaus. Hier gibt es keine Traurigkeit, nur Kolibris. Perry ist außer sich vor Freude. Junior hat Angst, die Treppe hinunterzugehen, und ich muss ihn jedes Mal, wenn er aufs Katzenklo muss, nach unten tragen.

Eines Nachts weckt mich ein Rascheln auf. Perry ist bei mir.

Ich spähe über das Geländer und sehe Junior in seinem Katzenklo. Aha, er kann's also doch! Es ist wie gesund werden. Er bewegt sich wie eine kleine alte Lady, aber er schafft es, und so ähnlich fühle ich mich auch. Man macht es so, wie man es kann, Hauptsache, es klappt, und dann fühlt man sich gut. Junior geht rückwärts die Treppe hinunter, so wie er von einem Baum klettert. Ich habe es genauso gemacht.

Perry kommt eines Tages ins Haus, als ich gerade Tee koche. Er hat eine Eidechse in den Krallen.

»Ich interessiere mich in letzter Zeit auffallend für Mord«, lässt er mich wissen.

»Ich dachte, das betrifft nur Mäuse.«

»Schon, aber Mäuse sind so banal. Neuerdings stehe ich auf Eidechsen.«

In meiner Zeit mit Christopher mache ich eine große Dummheit. Christopher schwärmt immer so von seiner Exfreundin, dass ich irgendwann eifersüchtig werde. Ich mache sie schließlich sogar im Internet ausfindig und schreibe sie auf MySpace an, natürlich ohne ihr zu verraten, wieso. Wir freunden uns an und schreiben uns, bis ich total vergesse, wie es zu diesem Kontakt kam.

Als ich das nächste Mal in New York bei Dr. R bin, erzähle ich es ihm.

»Wir rufen jetzt Christopher an und Sie erzählen es ihm!«

»Wie *jetzt*? Sie meinen … jetzt *gleich*?«

»Ja.«

»Nein!«

»Doch. Sie sagen es ihm, während Sie noch bei mir sind.«

Ich höre Christopher drüben an der anderen Küste tief Luft holen.

»Oh … das ist aber echt sonderbar.« Er macht eine Pause, ehe er fortfährt: »Ich wusste schon, dass du sonderbar bist, als ich mich in dich verliebt habe. Aber ich will, dass du ihr die

Wahrheit sagst. Es ist ihr gegenüber nicht fair.« Typisch Christopher.

Dr. R hüstelt ein paarmal, und nachdem ich aufgelegt habe, bekommt er einen richtigen Hustenanfall. Sobald er sich wieder beruhigt hat, verrate ich ihm ein Geheimnis, das ich seit einigen Monaten mit mir herumtrage.

»Dr. R, ich glaube, ich habe meine Kindheitsängste, dass meine Eltern sterben könnten, auf Sie übertragen. In letzter Zeit denke ich immer öfter, Sie könnten eines Tages sterben. Was hat das zu bedeuten?«

Er starrt mich verdutzt an, blickt dann auf seinen Notizblock.

»Es bedeutet gar nichts.« Dann sagt er, die Zeit sei um.

# 20. Kapitel

Zurück in Kalifornien, schreibe ich eine Entschuldigung an Christophers Ex und drücke auf SENDEN.

Es ist Abend, ich lehne mich zurück und sage mir: Das war echt krank von mir. Typisch Borderline, und das will ich doch gar nicht sein.

Borderliner sind das, was man allgemein als »böse« bezeichnet. Sie genießen es, anderen Leuten Probleme zu machen.

Die Ex antwortet, sie sei schockiert und irritiert und müsse das erstmal verdauen. Ich höre nie wieder von ihr. Sie entfernt mich von ihrer Freundesliste. Doch da denke ich plötzlich: Hey, ich verliere längst nicht mehr so oft Freunde wie früher.

Am nächsten Morgen ruft Mum an und erzählt mir von der einzigen Katze, die sie nicht leiden konnte.

»Es war in dem Haus, das wir in Edinburgh gemietet hatten, da war sie im Garten und sah haargenau wie eine Schlange aus.«

»Wie kann eine Katze wie eine Schlange aussehen?«

»Na ja, sie war sehr lang, ihr ganzer Leib war so dünn wie ihr Schwanz, und ein Fell hatte sie auch nicht.«

Am nächsten Tag kommt mir ein Gedanke, und ich rufe Mum an.

»Ist es nicht möglich, dass die Katze, die du in Edinburgh gesehen hast, vielleicht in Wirklichkeit eine Schlange war?«

Sie überlegt.

»Stimmt, vielleicht war es so.«

Es gibt immer noch kleinere Aussetzer in meinem häuslichen Glück mit Christopher. Zum Beispiel ein regelmäßiger Ausflug runter zum Laurel Canyon Country Store, um Lillys und Spikes speziellen Kaffee zu trinken. Als ich hinkomme, fällt mein Blick als Erstes am Anschlagbrett auf den Aushang eines achtjährigen Jungen, der auf einer Art Audition-Card halbnackt neben dem Poster eines entlaufenen Haustiers posiert. Auf dem Haustierzettel steht: »Unsere geliebte Schildkröte, Hokey Pokey, ist am Sonntag entlaufen. Sie hat sechzehn Jahre lang bei uns gelebt und ist etwa dreißig Zentimeter lang.« Der schlimmste Moment meines Lebens! Der Mann, der im Laden vor mir steht, hat eine schreckliche Frisur: die spärlichen Resthaare quer über die Glatze gekämmt! Der schlimmste Moment meines Lebens! In dem Sandwich, das ich kaufe, ist ein welkes Salatblatt. Der schlimmste Moment meines Lebens. Als ich nach Hause komme, weigert sich meine Katze, sich auf meinen Schoß zu setzen. Klar, dass sich die verdammte Katze weigert, sich auf meinen Schoß zu setzen! Es ist eine Katze! Und trotzdem! Der schlimmste …

Christopher und ich leben weiterhin glücklich und zufrieden zusammen, schauen uns gemeinsam Filme an und entdecken in L. A. immer mal wieder günstige Lokale. Dreimal pro Woche gehen wir zu Singapore's Banana Leaf im Farmers Market, bis sie anfangen, uns kostenlos Mangosaft zu servieren und auf einen Schlag auch kostenlose Reiswaffeln. Wir wandern zusammen durch den Fryman Canyon. Christopher marschiert mit nacktem Oberkörper hin und zurück, total verrückt und katholisch und sich selbst kasteiend.

Als sich unsere Beziehung aufzulösen beginnt, lassen wir es geschehen. Er will in Amerika keine Kinder großziehen, ich schon. Ich komme bei ihm nach dem Ozean erst an zweiter Stelle; es ist eine Religion, die ich nicht verstehe und die ich ihm verüble. Es ist die leichteste, sanfteste Trennung, die man sich vorstellen kann. Wir machen einen Campingausflug in den Redwoods-Nationalpark im Norden von Kalifornien. Wir fahren nicht dorthin, um Schluss zu machen, oder vielleicht doch.

Wir besuchen die Henry Miller Memorial Library. Wir essen wahnsinnig tolle Pancakes. Wir halten Händchen. Dann fragt er mich, ob ich mit ihm zusammenbleiben will, und ich sage nein. Dann stelle ich die Gegenfrage, und er sagt, er fände auch nicht, dass wir zusammenbleiben sollten. Ich weine mir die Augen aus, weil er so lieb ist, und wir fahren wieder an die Küste, halten Händchen und hören Neil Young.

Er wartet, bis ich mal nicht da bin, um seine Sachen zu packen, und hinterlässt mir einen Brief, der so schön ist, dass ich finde, so etwas gar nicht verdient zu haben:

*Emma, ich werde für immer dankbar sein, dass du in meinem Leben warst. Dank dir bin ich ein sehr viel besserer Mensch geworden. Dich zu lieben und mit dir zu leben war die spannendste Reise meines bisherigen Lebens. Du hast mir eine Alternative zu dem Mann aufgezeigt, der ich zu werden drohte. Ich weiß, ich habe noch viel zu lernen, muss noch vieles schaffen, doch ich weiß, dass eine vielversprechende Zukunft vor mir liegt.*

*Dir verdanke ich ein ganz neues Selbstvertrauen. Ein Selbstvertrauen, das nur daher rühren kann, zu wissen, dass mich eine Frau deines Kalibers für das geliebt hat, was ich bin; für das, was du in mir gesehen hast.*

*Du bist eine wunderbare Frau, und das ist mein voller Ernst. Du empfindest intensiv, denkst intensiv und lebst intensiv. Ich bewundere so vieles an dir. Ungeachtet dessen, ob sich unsere Wege jemals wieder kreuzen oder nicht, sollst du wissen, dass ich dir von ganzem Herzen Erfolg und Glück wünsche. Ich bete darum, dass du irgendwann wieder ein Teil meines Lebens sein wirst. Doch auch wenn es bei der Wegstrecke bleibt, die wir zusammen zurückgelegt haben, ist mein Leben genau deswegen besser geworden, als es war.*

An dem Tag, als wir durch den Fryman Canyon wandern, gehe ich den Hügel hinunter und sehe ein Auto mit dem Kennzeichen: HEWZ VAN. Das macht mich glücklich. Es ist kirschrot. Vielleicht kutschiert Hugh Kinder durch die Gegend und ist ein SPASS-DADDY. Oder er ist allein und amüsiert sich, wo er kann, in diesem Fall mit seinem Auto. Ich gehe nach Hause und mache eine telefonische Sitzung mit Dr. R. Ich versuche ihm von HEWZ VAN zu erzählen und wie sehr mich dieser Anblick gefreut hat, doch er hustet andauernd.

»Sie husten so viel. Sind Sie erkältet?«

»Nein, mir geht es gut.«

Dann erzähle ich ihm zehn Minuten lang von Abba-Zabas.

»Es gibt diese Riegel namens Abba-Zaba, und ich habe mal einen gekauft, nur weil ich sie nicht mag – die Erdnussbutterfüllung ist so klebrig und schwer zu kauen –, und deshalb dachte ich, ich würde ihn nicht aufessen. Aber stattdessen wurde ich dadurch total süchtig nach Sachen, die ich nicht mag.«

Heute frage ich mich, ob ich damals unbewusst spürte, dass es unser letztes Gespräch sein würde und dass ich deshalb so viel belangloses Zeug redete – um ihm zu signalisieren, dass es mir gut ging und dass ich fröhlich war.

Ich habe nicht viel zu sagen. Die Trennung von Christopher ging gesittet und respektvoll vonstatten. Zu meinem Bedauern beende ich die telefonische Sitzung mit Dr. R, bevor die fünfzig Minuten um sind. Ich sage ihm, er sei bestimmt krank. Er klinge, als wollte er auflegen. »Ich rufe wieder an, wenn ich Sie brauche«, sage ich mit dem schönen Gefühl, dass das eine Weile dauern könnte. Und dann legen wir auf.

Am nächsten Morgen sehe ich Heath Ledger im Laurel Canyon Country Store, seine kleine Tochter auf den Schultern. Er ist grau im Gesicht. An Lillys Stand holt er sich einen Kaffee. Dann kommt er und setzt sich für ein paar Minuten zu mir. Ich gebe ihm die Hälfte der *New York Times* ab, die ich schon gelesen habe, und er bedankt sich und sagt, ich solle Christopher ausrichten, dass er am Wochenende surfen gehen will. Seine Tochter quengelt und will gehen, und da nimmt er seinen Pappbecher und geht.

Das Verrückte ist: Es stellt sich heraus, dass das ein magischer Kaffee ist, der den Lauf der Dinge völlig verändert, sodass Heath in der Woche darauf in New York nicht stirbt. Er geht nicht zu Mary-Kate Olsen, wo er eine Überdosis nimmt, sondern zu Dr. R, der ihn wieder clean macht. Und das bedeutet, dass auch Dr. R nicht stirbt, und alle Menschen machen einander glücklich, auch Fremde, und alle Kinder dürfen ihre Väter behalten.

# 21. Kapitel

Beim Abendessen nach einer Filmvorführung werde ich einem Mann mit langen, glatten Haaren vorgestellt, der eine Kufija auf dem Kopf hat. Er sieht aus wie der kitschigste Terrorist der Welt, obwohl er in Wirklichkeit ein wahnsinnig berühmter Filmstar ist, der oft hier im Chateau Marmont ist. Im Garten, in dem unzählige Kerzen brennen, sitzen wir zusammen und reden und reden. Später sagt er mir, dass er mir mit jedem Satz eigentlich nur zu verstehen geben wollte: »Ich bin ganz anders, als von mir behauptet wird.«

Es klappt. Denn es ist wahr. Das ist GH.

GH sieht angeblich ganz gut aus. (»Klar«, würde mein Vater sagen, »muss er ja wohl.«) Aber das sehe ich nicht. Ich sehe etwas … leicht Weiches, Verwundetes, wie verschlissener Samt. Er strahlt eine Traurigkeit aus, die mit Händen greifbar scheint.

Später frage ich ihn: »Warum hast du nicht versucht, mich gleich am ersten Abend abzuschleppen?«

»Aus Respekt.«

»O mein Gott«, sage ich beleidigt, »es geht dir nur um meinen Intellekt?«

»Sei nicht albern«, erwidert er. »Ich will dich echt nur vögeln!« Er ist der traurigste Mann der Welt, der mich je zum Lachen brachte, bis mir die Tränen kamen.

Er ruft von einer fernen Insel an, wo er sich auf eine Rolle vorbereitet. Bis dahin hatte er mir nur eine Flut von Textnachrichten geschickt, Gedichte, in dreißig kleine Stücke aufgesplittet. Als er anruft, ist es fünf Uhr morgens, und er möchte dringend *Skeletons* von Rickie Lee Jones hören. Ich rufe es auf und spiele es ihm von vorn bis hinten vor. Er holt tief Luft.

»Ich will jetzt nichts vermasseln. Ich lege besser auf, Emma, bevor du mich nicht mehr magst.«

Mit Dr. R rede ich nicht darüber. Ich vertraue meinem Bauchgefühl und schreibe GH auf seine nächste SMS hin: »Ich werde mich nicht in dich verlieben. Ich habe Angst, du könntest mich verletzen.«

Seine Antwort lässt nicht lange auf sich warten: »Iih! Bei der Vorstellung, ein bezauberndes Wesen wie dich jemals zu verletzen, wird mir ganz übel.«

Als er wieder in L. A. landet, macht er sich auf den Weg zu mir.

Es regnet in Strömen, und er riskiert einen tödlichen Unfall, weil er mir unterwegs seine Gedanken per SMS mitteilen möchte.

»Keine SMS mehr!«, schreibe ich zurück. »Komm einfach her!«

»Wäre es nicht vielleicht einfacher, wenn ich weiterhin dein SMS-Verehrer bleibe?«

Dann tritt er durch die Tür, mit eingezogenem Kopf, fast gelähmt vor Schüchternheit. Es ist ihm peinlich, dass er sein eigenes Abendessen mitbringt, eine tiefgefrorene, kalorienarme Lasagne von Stouffer's, da er für seine neue Rolle ein paar Pfund abnehmen muss. Er stellt die Lasagne in meinen Eisschrank und vergisst sie komplett.

Ich mache uns einen Tee. Wir schauen uns einen alten Film an. Danach schauen wir lange hinaus in den Regen. Hinterher kommt Junior aufs Bett und GH stellt sich ihm vor. (»Na, du Süßer!«) Ich zeige ihm unveröffentlichte Bilder von James Cagney. Danach kann ich ihm nichts mehr zeigen, und da es bereits weit nach Mitternacht ist, beschließen wir zu schlafen. Schweigend liegen wir eine Weile da. Sogar Junior hält die Luft an.

Und dann, als die grün gefiederte Dunkelheit an die Fenster drückt, legt er seine ungewaschenen Finger auf mein hoffnungsvolles, geschrubbtes Gesicht und sagt, in einem Tonfall, der irgendwo zwischen Optimismus und Bedauern liegt: »Wenn ich dich küsse, ist alles vorbei.«

Doch dann tut er es. Und dann ist es das.

## 22. Kapitel

»Ich bin mit jemandem zusammen, von dem du wahrscheinlich denkst, dass er nicht zu mir passt«, erzähle ich meiner Schwester.

»Ein Neonazi?«

»Nein.«

»Es ist also echt aus mit Simon?!«

Ich werde ungeduldig. »Klar.«

Ihre Stimme verfinstert sich. »Doch nicht etwa Russell Brand? Sag mir, dass es nicht Russell Brand ist!«

Und da GH weder ein Neonazi noch Russell Brand ist, hat meine Familie nichts gegen ihn, der inzwischen wieder bei Dreharbeiten ist.

In unserer Einsamkeit in verschiedenen Zeitzonen schicken wir einander den Mond hin und her. »Hast du ihn bekommen?«, frage ich.

»Ja, Baby.«

Wann immer er vom Set nach Hause kommt, bringt er mir die seltsamsten Dinge mit. Meine Freundinnen in L. A., die schon zu lange hier wohnen, lästern: »Keine Diamanten?«, und ich erkläre ihnen, dass ich die sowieso nicht tragen würde und es noch nie getan habe. »Ja, aber das braucht er nicht zu wissen.« – »Weiß er aber«, sage ich und glaube aus ihrem Lästern herauszuhören: »Warum ist er mit *ihr* zusammen?« Tja, warum mit mir?

Er sagt, ich sei die Dorothy für den Feigen Löwen in ihm, und wenn wir für seinen neuesten Film zusammen über den roten Teppich schreiten, müssten wir uns vorstellen, es sei die gelbe Ziegelsteinstraße. Obwohl ich mit Grippe im Bett liege und Kay Thompsons *Eloise* lese, mein liebstes Kinderbuch, erkläre ich mich bereit, mitzukommen. Er sagt, er will mich jetzt schon anmelden, vier Monate im Voraus, und es klappt. Vor Freude darüber liest er mir für den Rest des Nachmittags *Eloise* vor, mit der Stimme von Daniel Day-Lewis in *There Will Be Blood*. Er ist absolut großartig.

Ich versuche mir vorzustellen, was Dr. R sagen würde, wenn er mich auf dem roten Teppich sähe. Unterstütze ich dadurch meinen Partner beruflich oder lasse ich unerwünschte Kameras in unsere Beziehung eindringen? Was würde er davon halten? Es ist seltsam, zu versuchen, sich in einen Toten einzufühlen. Meine Narben sind weitgehend verblasst. Die Fleischblume ganz oben am rechten Schenkel ist noch da, und die gleichgültige Reaktion der Girls vom Bikini-Waxing-Studio zeigt mir, dass sie an derlei Dinge gewöhnt sind: Mädchen, die sich hübscher oder hässlicher machen wollen und den Unterschied nicht kennen – wie bei jenem hypothetischen Kreis, in dem Kommunismus und Faschismus zusammentreffen.

Nachdem GH eines Abends etwa eine Stunde lang vom anderen Ende der Welt aus mit mir telefoniert hat, schneidet er ein neues Thema an.

»Weißt du was? Wenn ich mit diesem Film fertig bin, machen wir beide ein kleines Miniaturwesen, das wächst.«

Ich erstarre und blicke auf der Suche nach Zeugen durch mein Schlafzimmer.

»Ein Baby?«

»Ja, ein Baby.«

Ich habe so lange mit Dr. R daran gearbeitet, gesund zu werden, heil und reif genug, um für einen anderen Menschen da sein zu können. Und jetzt dieses Thema. Ich weiß nicht, was ich sagen soll.

»Wenn es ein Mädchen wird, nennen wir es Pearl, okay?«, sage ich dann.

»Pearl? Mein Ego hat etwas dagegen.« Ich spüre, dass er lächelt. »Da es nicht meine Idee war. Aber es würde perfekt passen. Gut, also Pearl! Sobald ich nach Hause komme.«

Ich rufe erneut meine unsichtbaren Zeugen herbei, Dr. R, meine Mum. Doch sobald sie da sind, bitte ich sie, uns einen Augenblick allein zu lassen. Ich schaffe es auch allein.

»Ist Pearl alles, was du von mir haben willst? Oder darf ich auch bleiben?«

Er antwortet nicht sofort. Ich höre, wie sein Atem stockt. Das Warten kommt mir endlos vor.

»Ich will, dass du bleibst. Em, ich will nie mehr *nicht* mit dir zusammen sein.«

Spät am Abend kommt er nach Hause. Es ist unerträglich heiß, und ich schlafe unten auf dem Tagesbett. Ich schlafe ein, als der iPod noch läuft. Leise schleicht er sich herein. Ich weiß nicht, wie lange er neben mir liegt. Als ich aufwache, sagt er: »Rate mal, was lief, als ich kam.«

»Weiß nicht …«

»*Darkness on the Edge of Town.*«

»Ein Zeichen?«

»Ja, ja.«

Er küsst mich. Als seine Zunge die Tiefen meiner Kehle erkundet, schmecke ich etwas, das mir bisher nie auffiel, weil es entweder nicht da war oder weil er es versteckte, oder vielleicht hat er mich noch nie so tief geküsst. Angst. Vor mir oder vor sich selbst? Davor, den Preis dafür zu bezahlen, dass man Dinge will, die man – wie in dem Song von Bruce Springsteen – nur in der Dunkelheit am Rand der Stadt findet? Er will mir etwas sagen. Ich kann ihn im Dunkeln nur spüren. Er hält mir den Mund zu, damit ich nichts antworten kann, als er sagt: »Lieber sterbe ich, als dir kein Kind zu machen.«

Doch trotz seiner Hand auf meinem Mund kann ich darauf antworten.

Bestandsliste der Geschenke:
*3 x Pop-Rock-CDs*
*1 x kenianische Barbiepuppe*
*2 x Salz- und Pfefferstreuer in Schweinchenform*
*1 x Schneekugel*
*8 x Sam-Goody-Haarbänder*
*2 x PEZ-Spender*
*1 x Schleuder in Form eines Elchgeweihs*
*1 x Paddleball-Set*

Das ist alles, was ich brauche.

## 23. Kapitel

FedEx bringt mir ein T-Shirt, das er mir von seinem weit entfernten Drehort geschickt hat. Es riecht nach GH, aber noch wichtiger ist, dass es ein mit Kugelschreiber geschriebener Liebesbrief ist; seine krakelige Handschrift zieht sich über jeden Quadratzentimeter des Baumwollstoffs. Es ist eine Einladung, in Versen geschrieben, ihn in Manhattan zu treffen. Er ist ein genialer Dichter von Natur aus. Er schreibt vier, fünf, bis zu sechs Gedichte am Tag, manchmal ohne sie richtig zu schmecken, wie ein zwanghafter Esser.

Also treffen wir uns in New York. Niemand weiß, dass wir dort sind, niemand sieht uns. Wir halten uns nur im Zimmer auf. Ich denke an die geheimnisvolle Stimme, die man beim Liebemachen hat und die der geheimnisvollen Stimme ähnelt, die man hat, wenn man sich mit seinem Psychiater im gleichen Raum befindet. Niemand außer der einen, anwesenden Person wird sie jemals hören. Und hier und jetzt nun hören wir einander zu, verpacken unsere Stimmen aber in Berührungen, die vom Hotelzimmer vakuumdicht versiegelt werden, damit sie frisch bleiben, bis wir wieder zusammen atmen können.

Als er das Schweigen bricht, dann nur um zu sagen: »Ich will, dass du weißt, dass sich nichts ändern wird, wenn du schwanger bist, außer natürlich deine Kleidergröße.«

Und anschließend geht jeder von uns wieder seiner Wege.

Es gefällt ihm nicht, dass mein Gartentor nicht richtig schließt, und obwohl er Tausende von Meilen weit weg bei Dreharbeiten ist, schickt er Handwerker, die es reparieren. Er lässt ein Sicherheitsschloss an meiner Eingangstür anbringen. Es gefällt ihm nicht, dass ich nachts die Fenster nicht aufmachen kann, weil ich keine Fliegengitter habe, damit meine Katzen jederzeit hinauskönnen. Er schickt Handwerker, die mir Fliegengitter anbringen. Er kauft mir ein riesiges Buch von Flann O'Brien, das ich eigentlich lesen will, mit dem ich aber letztendlich nur eine Spinne erschlage.

Ich liege immer in der Badewanne (im Mutterleib), wenn seine gesimsten Texte surrend eintreffen, aus weiter Ferne, spät in der Nacht. Ich bade, trockne mich ab, gehe nach unten auf die Liege vor den deckenhohen Fenstern. Wir schicken uns ständig Textnachrichten hin und her. »Warte«, schreibe ich eines Nachts, »da ist ein Waschbär, der mich anstarrt.«

»Keine Angst, Baby! Das bin nur ich in einem Waschbärenkostüm. Ich wackle mal eben mit dem Schwanz, damit du weißt, dass ich es bin.« Ich habe es die ganze Zeit schon instinktiv gespürt: GH erinnert mich an meinen Vater.

Er sagt, dass wir zu meinem Geburtstag im Dezember zusammen nach Istanbul fliegen (eine Ausgeburt unserer Gypsy-Phantasien), und danach fliegen wir in die Staaten zurück und zeugen Pearl. Wenn er nicht davon redet, wie wir uns lieben, redet er über Pearl, und wenn er nicht über Pearl redet, redet er von unserem Trip nach Istanbul.

Eines Nachts habe ich ohne ersichtlichen Grund einen Anfall von Panik und befürchte, es sei vorbei. Aber ich beiße mir auf die Zunge und lege mein Handy unter das Kissen, damit ich nicht in Versuchung komme, ihn anzurufen. Ich will ihm gerade schreiben, als plötzlich mehrere Baby-Waschbären an meinem Fenster vorbeitapsen. Augenblicklich bin ich beruhigt. »Danke, GH!« Ich erzähle ihm nichts davon, danke ihm aber trotzdem. Die Waschbären kommen jeden Abend um zwanzig nach acht vorbei – so lange, bis GH wieder nach Hause kommt.

Der Fernseher mit dem leicht blaustichigen Bild läuft, als ich zu ihm komme. Er liegt auf dem Sofa, nackt und im Tiefschlaf. Ich betrachte ihn und reiße mich zusammen, um ihn nicht zu stören. Ich lenke mich ab, so gut ich kann. Es ist ein großes Haus. Ich schlendere von Zimmer zu Zimmer. Ich ziehe Schubladen auf, greife nach einer Postkarte aus Venedig. Aus den verschnörkelten Buchstaben auf der Rückseite schließe ich, dass sie von einer Frau ist, die er – wie ich instinktiv spüre – verletzt hat. Ich schleiche um die Postkarte herum. Ich will sie nicht mehr sehen. Ich gehe ins Bad und benutze einen ihrer Tampons. Er wurde von »der ersten Mrs de Winter« für mich hiergelassen. Nachdem ich GH weitere zwanzig Minuten Schlaf gegönnt habe, setze ich mich auf seine Brust. Er schlägt die Augen auf, lächelt und sagt: »Du hast mir gefehlt!«

Als ich am nächsten Morgen wieder bei mir zu Hause bin, entdecke ich die Nachricht wegen Dr. R. Sie wurde an eine E-Mail-Adresse geschickt, die ich nur selten öffne, und deshalb ist sie schon einige Tage alt.

# 24. Kapitel

GH versucht mich zu trösten, so gut er kann. Er schreibt mir Gedichte. Wir reden stundenlang. Und irgendwann hat er alles gesagt, was es zu sagen gab. Deshalb schickt er mir etwas.

FedEx bringt mir ein einzelnes Werther's Karamellbonbon.

Als er nach Hause kommt, liest er jeden einzelnen Nachruf auf Dr. R. Er lässt mich tagelang von ihm erzählen. Er lässt mich weinen. Obwohl er versucht, mich davon zu überzeugen, dass es kein Verrat war, dass Dr. R seine Krankheit vor mir verheimlicht hat, werde ich dieses Gefühl erst los, als GH es physisch aus mir herausschüttelt. Wenn wir nicht im Schlafzimmer sind, backen wir Kuchen, jede Menge. Wir machen Rhabarberkuchen mit Streuseln. Meistens gehen wir nach seiner inneren Uhr, was bedeutet, dass wir gegen fünf Uhr morgens kochen oder backen und gegen halb acht oder acht Uhr morgens die Augen zumachen.

Ungefähr zum gleichen Zeitpunkt, als ich das von Dr. R erfahre, erfährt die Presse von mir.

Wie besessen lesen wir die hässlichen Kommentare. Wer mit Stimmen in seinem Kopf lebt, fühlt sich automatisch zu Stimmen von *außen* hingezogen. Sehr häufig bestätigen diese Stimmen einem die eigenen schlimmsten Befürchtungen. Oder denken sich Sachen aus, auf die man selbst nie gekommen wäre! Normalerweise gibt es nur so und so viele Stunden am Tag, an denen man sich hasst. Die Stimmen von außen helfen da fleißig mit, machen freiwillig Überstunden.

Ich sei dick und hässlich, GH ungepflegt. Wir seien schwanger. (Sie sagen immer, man sei schwanger, noch bevor man es ist, man sei schon zusammengezogen, obwohl man noch getrennt lebt, und man fühle sich seelenverwandt, noch bevor man es selbst ausgesprochen hat. Das nimmt der Sache etwas von ihrem Reiz.)

Ich erzähle ihm, dass meine Schwester, nachdem sie im Internet war, die diversen Kommentare in einem Satz zusammengefasst hat: »Ihr bekommt ein dickes, hässliches Baby, das GH benutzt, um mehr Bücher zu verkaufen.«

GH grinst. »Das gilt nur, wenn es ein Mädchen wird, Schatz. Wird es ein Junge, ist er ein ungepflegter Magersüchtiger, der *dich* benutzt, um intellektuell glaubwürdiger zu erscheinen.«

GH muss wieder zum Set. Mum, Dad und Lisa kommen mich besuchen.

Für den Kinderfilm *Kung Fu Panda* wird überall Publicity gemacht, und eines der ersten Dinge, das Mum sagt, nachdem sie zur Tür hereingekommen ist, lautet: »Ich will das Wort ›Pandamonium‹ *nicht* sehen!« Sie schüttelt den Kopf. »Deshalb bin ich nicht hergekommen!«

Andere Dinge, die sie in L. A. nicht sehen will und die bei ihr zu lautstarken und heftigen Reaktionen führen:

Bilder von Seth Rogen.

Nektarinen von *Whole Foods*.

Und die ganze Familie mault, weil mein Handy ständig piepst – mit einer neuen SMS von GH.

# 25. Kapitel

Einer von Dr. Rs Patienten erfährt aus meinem Blog von dessen Tod, ein Junkie mittleren Alters, der immer mal wieder bei ihm in Behandlung war. Er hatte versucht, einen Termin zu bekommen, erfuhr dann aber vom AB, die Praxis sei geschlossen.

Er heißt Mike, und er schreibt in seinem eigenen Blog:

*Depressionen sind zum Kotzen. Depressionen haben und dann erfahren müssen, dass der große Zauberer, der dir mit seinen Zauberkräften helfen konnte, tot ist, trifft einen doppelt hart. Aber shit happens, und das normalerweise nicht ohne Grund. Der Große Zauberer Dumbledore starb, bevor er das Große Böse besiegen konnte.*

*Doch sein Tod versetzte Harry in die Lage, seine eigene Weisheit und seine eigenen Kräfte zu entdecken. Vielleicht kann auch Mike seine Lektion lernen. Vielleicht nicht durch Magie, sondern durch Wissen. Mein Dumbledore ist tot, und ich bin mir sicher, sein Phoenix hat sich aus der Asche erhoben. Nun liegt es bei mir, nach dem Wissen zu suchen, um das Böse zu bekämpfen. Es ist ein gewaltiger Kampf, und es kann sein, dass ich selbst in Wirklichkeit das Böse bin, das besiegt werden muss, vielleicht aber auch nicht. Das muss ich erst noch herausfinden.*

*Als ich heute an der 94th Street vorbeikam, meiner Metapher für Hogwarts, gab es sogar eine Burg an der Straßenecke, und ich habe einen Lichtstrahl gesehen – Fawkes, der Phönix, der aus der Asche stieg.*

GH kommt nach Hause und ruft: »Gypsy-Weib?«, mehrmals hintereinander, und ich verstecke mich hinter dem Sofa, einfach so. Gleich werde ich aufspringen. »Gypsy-Weib?«, ruft er. Und plötzlich bekomme ich Angst. Warum habe ich mich nackt hinter dem Sofa versteckt? Wie verrückt! Ich bin verrückt. Das ist nicht gut. Ich sollte mich endlich zeigen. Ich könnte aber auch für immer hinter diesem Sofa bleiben, bis er mich schließlich vergisst. Aber dann müsste ich mir anhören, wie er andere Frauen auf dem Sofa vögelt, und das wäre schlimm. Ich sollte mich ganz schnell zeigen. Er rennt in den Garten, bis ganz ans Ende, und ruft und ruft. Ich verlasse mein Versteck, ziehe mich an und lege mich aufs Sofa. Als er zurückkommt, erkläre ich ihm, ich hätte die ganze Zeit hier gelegen, aber er hätte mich nicht gesehen. Anschließend reden wir über Shapeshifting, lieben uns und gehen schwimmen. Danach lesen wir ein bisschen, schreiben, backen einen Kuchen, schauen uns einen Film an, lieben uns wieder und gehen dann schlafen. Irgendwann sagt er: »Gut, dass wir nicht mehr verrückt sind«, und ich stimme ihm zu.

## 26. Kapitel

Da GH weiß, wie sehr ich für den großen Star schwärme, organisiert er für uns einen Flug nach Portugal, um Leonard Cohen in Lissabon auf der Bühne zu erleben. Cohen, inzwischen vierundsiebzig, macht eine Comeback-Tournee, nachdem er jahrelang als buddhistischer Mönch oben auf einem Berg gelebt hat. Seine Jahre davor waren von Alkohol und Schmerzen gezeichnet gewesen.

Der Veranstaltungsort ist genau genommen ein Parkplatz. Mit geschlossenen Augen höre ich zu, in den Armen von GH und mit Dr. R in meinem Herzen. Ich trage die Klugheit aller Juden in mir, alles, was man wissen muss. Ich lausche Cohen, der hässliche Dinge in sich aufsaugt und schön macht. Eigentlich bin ich hauptsächlich wegen Dr. R hier. Ich denke an die Sitzung, in der ich ihm erzählt habe, was in San Francisco passiert ist. Und plötzlich wird mir klar, dass das der glücklichste Abend meines Lebens ist.

Ich drehe und wende dieses Gefühl wie einen Kieselstein in meiner Hand. Ich bin so glücklich, und das bin ich mit GH nun schon seit sechs Monaten – der längste Zeitraum, an den ich mich erinnern kann. Es ist keine Manie. Oder doch? Ist es nicht! Ist es Bedürftigkeit? Ist es nicht. Wir brauchen einander nicht. Wir sind einfach nur sehr, sehr gern zusammen. Und es fühlt sich gut an. Zusammen sind wir gut. Und ich habe ein total komisches Gefühl. Ich kann das alles wirklich, wahrhaftig berühren, dieses Glück und auch diese Traurigkeit, ich kann es mit den Fingern nachzeichnen. Es ist nicht abstrakt oder weit entfernt. Es ist kein Faksimile. Es fühlt sich nach mir an. Das bin ich. Ich liebe ihn, und zum ersten Mal in einer Beziehung mag ich auch mich. Immer wenn er sagt: »Ich liebe dich«, antworte ich: »Ich glaube dir.«

Als wir in dem Haus wohnen, das wir in einem kleinen Fischerdorf gemietet haben, kommen meine Eltern zu Besuch – GH hat sie eingeladen. Bevor sie eintreffen, fragt er sich eine qualvolle halbe Stunde lang, ob er die Kurzgeschichten von Tschechow, die er gerade liest, verstecken soll oder nicht.

»Ich will nicht, dass sie denken, das Buch liegt absichtlich da, damit sie mich sympathisch finden.«

»Aha. Liest du diese Geschichten?«

»Klar.«

»Dann lass das Buch liegen.«

Als Mum hereinspaziert, fällt ihr erster Blick auf den Couchtisch, und sie beginnt zu strahlen: »Oh! Tschechows Kurzgeschichten kann man gar nicht oft genug lesen!«

Als GH ihr beim Ausziehen hilft, hält er sich ihre Strickweste an die Nase und dreht sich zu ihr. »Ich würde gern daran schnuppern. Darf ich?«

»Aber gern«, sagt sie mit einem strahlenden Lächeln.

Er nimmt mich beiseite und flüstert: »Sie ist wie Bernstein, in ihr spiegelt sich so vieles. Ich könnte sie ständig anschauen.« Er hat recht. Dass er auf Anhieb spürt, was für eine ungewöhnliche Frau sie ist, lässt mein Vertrauen in ihn noch mehr wachsen.

GH bestreicht einen Vollkornkeks mit Butter, und Dad wird stutzig. »Sie streichen Butter auf einen Vollkornkeks?«

GH wird etwas verlegen. »Ja. Ich finde, man kann alles mit Butter bestreichen, es sei denn, es schmeckt mit Butter nicht gut.«

Dad ist entzückt. Sein ganzes Gesicht drückt Freude aus – und er hat plötzlich einen dreieckigen Mund wie Eric Cartman aus *South Park*.

Sie gehen zusammen hinaus in die Nacht, angeblich um etwas zum Abendessen zu holen. Nach einer Zeit, die sich wie etliche Stunden anfühlt, werden Mum und ich allmählich nervös. Aber irgendwann kommen sie zurück, mit einer leckeren indischen Platte, die wir mit Hochgenuss verzehren. Wir packen die Reste um, obwohl wir alles so schnell gegessen haben, dass wir nicht mehr wissen, was es genau war. Dad nimmt einen Edding-Stift und beschriftet eine Tupperschüssel mit »Geheimnis«. GH kritzelt darunter: »… verpackt in ein Rätsel«. Dad will den Schreiber wiederhaben und fügt hinzu: »… umhüllt von einem Mysterium«. Dann grinsen sie einander an.

Nach dem Geschirrspülen sagt Mum zu GH: »Ihr Jungen solltet besser ins Bett gehen, bevor Dad etwas Schlimmes sagt.«

In Dads Kopf ist mächtig was los, das sieht man ihm an – es gibt so viel Futter in der Boulevardpresse, dass er nicht weiß, womit er anfangen soll. Schließlich springt er auf, deutet auf GH und ruft: »GH besteht aus Käse und Aspik!«

Wenn Dad von da an über GH spricht, sagt er immer: »Mein Boyfriend sagt …«, doch als ich eines Tages sage: »Dein Boyfriend lässt dich grüßen«, blafft Dad: »Er ist *nicht* mein Boyfriend, ich bin *seiner*!«

Einmal, im SPAR-Supermarkt, folgen uns zwei Neunjährige in Ronaldinho-Trainingsanzügen durch die Gänge. Wir ertappen sie mehrmals dabei, wie sie uns anstarren. »Achte nicht auf ihn, das ist nur ein blöder Großkopferter!«, sagt der eine Junge zu dem anderen. Und das, obwohl er selbst den größten Kopf hat, den wir je gesehen haben. Diese unglaublich falsche Selbstwahrnehmung finden wir zum Brüllen komisch, und wir tänzeln fröhlich Arm in Arm hinaus in den Abend.

An einer Tankstelle schiebt eine Mutter ihren kleinen Jungen zu GH und will ein Foto machen. Der Junge wehrt sich und will weglaufen. Verständlich. Klamottenmäßig ist GH gerade in einer Phase, die verdächtig nach Bobby Sands, dem 1981 verstorbenen IRA-Mitglied und Hungerkünstler, aussieht, wenn dieser bei den Dexys Midnight Runners wäre. Er wird dem armen Kind für immer als Fleisch gewordene Vision seiner schlimmsten Albträume in Erinnerung bleiben.

»Gute Frau, ich glaube, er will nicht«, sagt GH.

»Doch, du willst!«, erklärt die Mutter ihrem kleinen Sohn.

»Nein, er will nicht.«

»So, dann kriegst du keine Süßigkeiten!«, faucht die Mutter ihren Sprössling an.

GH fasst sich an den Kopf.

Damit er auf andere Gedanken kommt, tun wir etwas, das er liebt – wir fahren ziellos durch die Nacht und hören dabei in einer Tour *Postcards from Italy* von Beirut und *One More Cup of Coffee* von Bob Dylan. Wir müssen jedes Mal auf »Replay« drücken, kurz bevor die Songs zu Ende sind. »Machst du's? Ich mach's«, sagt GH und legt beim Fahren eine Hand auf mein Herz.

GH will mit mir eine Fahrt quer durch Amerika machen, sobald er zurück ist. Er sagt, ich solle Weihnachten und meinen Geburtstag für die Traumreise nach Istanbul reservieren. Er sagt, ab Januar sollten wir ernsthaft an Pearl arbeiten. Ich will alles, was er will.

»Es gibt EINE Sache, die ich ganz sicher weiß«, schreibt er mir. »Ich möchte, dass wir eine Familie sind.«

Wir werden allein geboren und sterben auch allein, doch auf der Reise durchs Leben treffen wir verschiedene Leute, und wenn man wie Dr. R Glück hat, bekommt man einen wunderbaren Gefährten. Das habe ich jetzt auch. Mir fehlen die Worte, um auszudrücken, wie sehr ich GH bewundere, seinen Intellekt, seine Freundlichkeit, sein Einfühlungsvermögen. Dr. R kann es leider nicht mehr erleben, aber es ist das Ergebnis unserer gemeinsamen Arbeit.

# 27. Kapitel

Wir sind in einem buddhistischen Retreat in der Nähe des Fischerdorfes und liegen auf den Klippen im Gras. Wir haben keine Schuhe; die Haare sind wie für eine Leibesvisitation ausgebreitet. Hinter uns der Ozean. Ein spektakulärer Ausblick. Die Stimme in meinem Kopf ist die von Luke Kelly, der *Raglan Road* singt: »Wir gehen leichtfüßig am Rand entlang / einer tiefen Schlucht, in der man sehen kann / wie viel ein Versprechen der Leidenschaft wert ist.«

Wir liegen nebeneinander, unsere Fingerspitzen berühren sich, doch wir schweigen. Ich denke an Dr. R. Dass er mich verließ, ohne mir zu sagen, dass er fortgehen würde. Und auch, dass er davor noch diesen Patienten im Chateau Marmont erwähnte, der eine Überdosis genommen hatte. Nach einer Weile sage ich so beiläufig wie möglich: »Ich dachte, das wärst du gewesen.«

»Was, Baby?«

»Der Typ, der im Chateau eine Überdosis nahm. Ich dachte, du wärst vielleicht auch Patient von Dr. R gewesen und hättest es nur nicht erwähnt.«

Er lächelt. »Nein, Darling.«

Wieder schweigen wir. Er ist in seiner eigenen Welt. Meine Tränen kullern sachte ins Gras. Ich würde gern mal wieder hingehen, eines Tages, in das Retreat, um zu sehen, ob da, wo ich geweint habe, jetzt etwas wächst. Weder davor noch danach habe ich jemals so viel Frieden oder so viel Liebe verspürt. Zwei untrennbar verwandte Hippie-Schlagworte des Idealismus. Doch wie schockierend die Momente, wenn sie plötzlich greifbar werden!

Als wir durch das Retreat zurück zum Ausgang gehen, berührt GH jedes der farbigen buddhistischen Fähnchen, und während er das tut, fragt er mich: »Gehörst du mir?«

»Ja.«

»Gehörst du mir?«

»Ja.«

»Gehörst du mir?«

»Ja.«

»Gehörst du mir?«

»Ja.«

Er muss für Dreharbeiten in dem Fischerdorf bleiben, nur für ein paar Wochen. Ich fliege am nächsten Morgen nach Amerika zurück. Als wir unser Hotel verlassen, um irgendwo zu Abend zu essen, kommen wir an einem Laden mit einheimischem Kunsthandwerk vorbei. Unter den landestypischen Wolljacken und den gestrickten Handtaschen entdecken wir ein flauschiges pinkfarbenes Baby-Mäntelchen mit Hasenohren an der Kapuze; auf eine der Taschen ist eine weiche Flanellkarotte gestickt. Wie niedlich! Wir sind beide hin und weg. GH schnappt nach Luft: »Hey, das ist Pearls Hasenmäntelchen!«

»Darin würde sie echt süß aussehen«, stimme ich ihm begeistert zu.

Doch seine Augen sind wie benebelt. »Ich will es für sie kaufen.«

»Sollen wir es nicht lieber erst kaufen, wenn sie auf der Welt ist?«, gebe ich zu bedenken. »Du kannst ja nochmal herkommen.«

Er berührt das Mäntelchen. Er streichelt es. Er hält es sich an die Wange. Er geht in dem Geschäft hin und her, geht hinaus und kommt wieder herein. Wir wollen ins Hotel zurück. Irgendwann macht er auf dem Absatz kehrt und läuft zu dem Geschäft zurück. Als er wieder herauskommt, hat er Pearls Mäntelchen in einer Plastiktüte in der Hand. Ich schaue ihn fragend an. Er erwidert meinen Blick und sagt achselzuckend: »Ich hatte Angst, dass es dann vielleicht schon weg ist.«

Im Hotel werden wir um sechs Uhr früh vom Gebrüll eines rotbackigen Mannes geweckt. Das Frühstück auf dem Tablett, das wir bestellt hatten, ist nicht halb so abstoßend wie seine Forderung, GH solle seinen Kindern eine Rolle in dem Film besorgen. Jedes Problem, das wir seither hatten, hängt für mich direkt mit diesem unsympathischen Kerl zusammen, als wäre er eine böse Hexe gewesen, die am Abend meiner Hochzeit beim Ball aufkreuzt.

# 28. Kapitel

»Nur der Gedanke daran, bald nach Hause zu kommen und mit dir zusammenzuleben und eine Familie zu gründen, hilft mir, diese Dreharbeiten zu überstehen!«

Ich bin in Los Angeles und warte schon ewig auf GH. Ich zähle die Tage anhand der *New York Times* am Sonntag ab, die wir bei mir zu Hause im Bett lesen (aus irgendeinem Grund gehen wir nach dem Aufstehen immer zu mir, um sie zu lesen), nachdem wir uns bei Spike and Lilly's im Laurel Canyon einen Kaffee gekauft haben.

Er weiß, dass meine Mutter mir eine Kopie meines Suizidbriefs gemailt hat, weil ich über Dr. R schreibe, und er sagt, er wolle bei mir sein, wenn ich ihn lese. Ich frage ihn, was er zum Abendessen will, wenn er nach Hause kommt, und mache wunschgemäß eine Ceviche und einen Käsekuchen mit Passionsfrucht.

Er schickt mir aus dem Flieger eine SMS, in der er schreibt, dass er in wenigen Stunden in meinen Armen sein wird, und dass das der Beginn unseres gemeinsamen Lebens sein wird. Danach schaltet er sein Handy aus, und sein Flugzeug hebt ab.

Ich besitze ein kitschiges, rotes Fransenkleid, das ich anziehen will, um vor meinem Haus auf der Mauer zu sitzen und auf ihn zu warten, wie Penelope, die aufs Meer hinausblickt, um auf Odysseus zu warten – allerdings hat meines sicher mehr Pailletten. In letzter Minute finde ich dann aber, dass mir kalt ist und ich lieber etwas anziehen sollte, was man schneller ausziehen kann. Ich schlüpfe in ein T-Shirt-Kleid.

Sein Flugzeug landet.

Als er vor meiner Tür steht, zittert er wie … man sagt »wie Espenlaub«, aber er sieht eher aus wie jemand, der einen Exorzisten braucht.

»Bist du okay?«

»Nein, bin ich nicht.«

»Gehen wir nach oben!«

Wir legen uns aufs Bett. Er betrachtet mich.

»Ich glaube, ich brauche Abstand.«

»Okay.«

»Okay?« Tränen rollen über sein Gesicht.

»Es ist okay.«

Ich sage es immer und immer wieder, während ich ihm über den Kopf streichle – »Es ist okay, es ist okay« –, weil ich keine Ahnung habe, was los ist. Er legt den Kopf in meinen Schoß, und seine Schultern beben. »Danke. Danke.«

Er liegt lange so da.

»Em, du nimmst es so gelassen auf.«

Er sieht beschissen aus, wie etwas, das du im Abfluss finden würdest, nachdem Meat Loaf sich in deinem Waschbecken die Haare gewaschen hat.

»Du brauchst Abstand«, wiederhole ich seine eigenen Worte und frage mich, was er mit Pearls Mäntelchen gemacht hat.

»Ich brauche *großen* Abstand.«

Da schießt mir ein Gedanke durch den Kopf. »Wolltest du mich zu Pearl überreden, weil du dachtest, du könntest nicht mehr weggehen, wenn ich ein Baby hätte? Wolltest du deshalb, dass ich schwanger werde?«

»Vielleicht. Könnte sein.« Er kann mich nicht anschauen, weil er inzwischen Rotz und Wasser heult.

»Iss die Ceviche.«

»Was?«

»Iss die verdammte Ceviche, die ich dir machen sollte!«

Ich stelle mir vor, wenn er als alter Mann an sein Leben zurückdenkt, an die Trennungsszenen, die wie Bücher auf dem Boden seiner Bücherei herumliegen, als wären sie aus den Regalen gefallen, wird der Satz »Iss die verdammte Ceviche« ein Buch sein, von dem er glaubt, es falsch gelesen zu haben. Aber genau das habe ich gesagt.

Er schnieft, wischt sich übers Gesicht und ringt sich ein schiefes Lächeln ab. »Okay, aber nur, wenn du mitisst.«

Wir essen direkt aus der Schüssel. »Das gesündeste Essen, das ich in den letzten Monaten zu mir genommen habe.«

»Genau so muss Liebe sein: wie das, was wir haben«, sagt er, während er mein liebevoll zubereitetes Abendessen hinunterschlingt. »Das wird für uns beide der Maßstab sein, wenn wir das nächste Mal mit jemandem zusammen sind.«

Wie verrückt das ist, völlig verrückt! Wir sind doch zusammen! Man geht nicht vom Weg ab, um den Weg zu finden. Und er sagt, das sollten wir anstreben. Ich kapiere rein gar nichts.

Ich schließe mich im Badezimmer ein und rufe durch die geschlossene Tür: »Du kannst jetzt gehen!«

»Em, lass mich rein! Emma!«

»Mir geht's gut. Bitte geh jetzt!«

»Hast du dich geritzt?«

»Nein.«

»Wirst du es tun?«

»Ich glaube nicht.«

»Versprich es mir!«

»Kann ich nicht.«

Hier ins Badezimmer sperre ich auch meine Katzen ein, wenn sie ungezogen waren. Ich rolle mich auf ihrer Matte zusammen. Von meinem Beobachtungsposten auf der Böse-Katze-Matte kann ich durchs Badezimmerfenster sehen, wie GH die Haustür und dann die Gartentür hinter sich zumacht. Ich höre, wie er den Motor anlässt (er sitzt noch einige Augenblicke lang da) und dann wegfährt. Ich warte weiter auf der

Matte, wie jemand, der nicht weiß, ob der Angreifer wirklich fort ist.

Als ich seine Schritte auf meinen Holzstufen hörte, habe ich mein Phlegma abgeschüttelt und mit lauter Stimme gerufen: »Nimm den Käsekuchen mit!«

»Okay.«

»Und den Selbstmordbrief.«

Er zögert kurz und sagt dann: »Okay.«

# 29. Kapitel

*4. März 2000*

*Mummy,*
*Daddy,*
*Lisa,*

*bitte verzeiht mir.*
*Ich hatte ein schönes Leben mit euch.*
*Ich, aus Lehm gemacht, lege mich nieder und will schlafen.*

*Ich werde euch immer lieben.*

*Ich werde euch immer beschützen.*

# 30. Kapitel

Ich bräuchte Dr. R mehr als je zuvor, doch stattdessen muss ich zusehen, dass ich ganz allein mit dieser Trennung fertigwerde, wie normale Menschen eben. Nur dass ich nicht normal bin, GH auch nicht, und dass das Ganze keine normale Situation ist. GH und ich sind bei ihm zu Hause und sehen uns *Harold und Maude* an, danach *Mondsüchtig* und schließlich *Cleopatra*. Ich betrachte Liz, ich betrachte Burton. Haben Sie beim Schokoladeessen je das Gefühl gehabt, dass Sie sie erst richtig schmecken, wenn Sie den letzten Bissen im Mund haben? So ähnlich verhält es sich mit diesem Wochenende. Er sieht *Cleopatra* und sagt: »Das Set-up hat ewig gedauert und ist es nicht wert. Siehst du die Szene mit den Vögeln? Hat sicher drei Tage gekostet!«

Er dreht für eine Woche in Santa Fe, und ich rechne fest damit, dass er mit Indianerschmuck zurückkommt und mit einer Entschuldigung. Stattdessen: »Schau, hab ich dir mitgebracht!«

Bestandsaufnahme – Inhalt der Geschenktüte:
*2 x Salz- und Pfefferstreuer mit »Bezaubernde Jeannie« im Retro-Stil*
*1 x Becher mit dem Aufdruck: »Dads! Weigern sich seit 1932, nach dem Weg zu fragen!«*
*1 x witziger Kühlschrankmagnet mit George Bush*

Ich betrachte die Sachen. Alles ohne Kontext. Die große Liebe meines Lebens hat eine Tüte mit nutzlosem Krimskrams angeschleppt.

Wenig später entdecke ich eine Mail auf meiner Website, die ich bisher ignoriert habe (tue ich nicht oft), weil die Absenderin schreibt, sie hätte ein Porträt von GH gezeichnet. Ich habe die Nachricht nicht zu Ende gelesen. Doch sie schickt sie mir erneut und diesmal lese ich sie. GH sähe ihrem kleinen Bruder sehr ähnlich, schreibt sie. Erst als ihr Bruder an einer Überdosis Heroin starb, habe sie angefangen, sich für GH zu interessieren. Er hätte sich zu Drogen geäußert. Sie vermisse ihren Bruder. Sie habe ihn tot aufgefunden. »Ich bin weder verrückt noch gefährlich, nur etwas exzentrisch und einsam.« Ihre Selbsterkenntnis bricht mir fast das Herz. Ich kenne dieses Gefühl, diese innere Traurigkeit, das Hinsehenmüssen, um in der Lage zu sein, es ruhig und klar zu artikulieren, und es macht keinen Unterschied. Ich weiß, das Bild dieser jungen Frau gibt es, und ich überlege mir, es abzuholen. Aber nicht jetzt. Nicht jetzt.

Eines späten Abends legt mir GH zwei weitere Dinge vor die Tür. Musik, die er gemacht hat. Um mich anzuziehen. Und Salbei, sagt er, um ihn in meinem Herzen auszuräuchern.

*Das kannst du nicht tun, mithelfen, dass ich dich exorziere. Es ist, als würde man sich selbst einen Spitznamen geben.*

Weil seine Online-Fangemeinde nicht weiß, dass es aus ist, verkündet sie weiterhin, ich sei dick und hässlich. Das weiß ich selbst, aber es hat etwas Niederschmetterndes und auch Berauschendes, wenn es von wildfremden Menschen geschrieben wird. Um die schlimmsten Behauptung zu entdecken, googelt GH exotische Kombinationen seines Namens:

GH+unerotisch+Möse

Wie besessen lese ich alles, was über uns im Netz steht, und obwohl mir klar ist, dass es eine Art Selbstquälerei ist, kann ich nicht damit aufhören. Manche sind eindeutig antijüdisch motiviert, und ich sehne mich fast nach den guten, alten Tagen zurück, als antisemitische Schmähungen noch von Hand geschrieben wurden. Die Online-Fans wollen meinen Tod. »Vielleicht haben wir Glück und sie nimmt eine Überdosis Lithium«, schreibt eine und schließt dieses Todesurteil mit einem Smiley ab. Echt, man kann nicht sagen, man habe gelebt, bevor man nicht mit einem Emoticon zum Tode verurteilt wurde!

Es dauert nicht lange, bis sie herausgefunden haben, dass ich mit Dr. R zu tun hatte, und flugs kommen sie zu dem Schluss, ich sei kokainsüchtig. Schlimmer als alles andere finde ich, dass sie seinen Namen in die Hetzkampagne gegen mich hineinziehen. Aber … warum bin ich hier?

Warum sehe ich mir das überhaupt an? Weil ein Teil von mir, trotz der vielen Sitzungen bei ihm, noch immer nicht weiß, welche Stimmen real sind und welche nicht?

Wenn Dr. R nur hier wäre! Wenn er nur noch am Leben wäre! Meine Mutter ist so außer sich, wie ich sie noch nie erlebt habe. Ich weiß weder, was ich tun soll, noch an wen ich mich wenden kann, und deshalb schreibe ich an Mike, Dr. Rs suchtkranken Patienten. Hier seine Antwort.

*Emma,*
*als Suchtkranker, der momentan nicht auf dem Weg der Besserung ist, sondern schon viele Male auf Entzug und in Entziehungsheimen war, weiß ich, dass eine der wichtigsten Lektionen von AA lautet, dass ein Suchtkranker nie für einen anderen Inventur machen sollte. Sprich: Ich kann nicht beurteilen, was ein anderer richtig oder falsch macht. Ich kann nur aus eigener Erfahrung sprechen, und die muss nicht unbedingt auch auf eine andere Person zutreffen.*
*Ich lüge nie – ich bin in fast allem eklatant aufrichtig. Meine Sucht (oder Krankheit, wie manche sagen) lügt immer. Der Suchtkranke in mir tut und sagt fast alles, wenn es für ihn nützlich ist. Er hasst die Person, die immer die Wahrheit sagt, und deshalb lügt er für mich. Ich kann mich fast hören, wie ich sage: »Da waren Stimmen …«*
*Ich hatte schon sehr gute Beziehungen mit Frauen, doch der Suchtkranke hat sie alle kaputtgemacht. Ich verliebe mich*

*schnell, denn das verschafft einem ein Hoch, das sich eine Zeitlang mit Drogen messen kann. Ich habe nie eine Frau betrogen, ich bin sexuell monogam, doch dafür habe ich sie immer mit Drogen hintergangen, bevor die Beziehung in die Brüche ging. Ich war mit meiner Enabler-Person verheiratet (eine Frau, die nie Alkohol trank), wurde geschieden, als mein Verhalten so dysfunktional wurde, dass es unsere gegenseitige Abhängigkeit übertraf. Nach einer angemessenen Phase der Erholung hatte ich Beziehungen mit wunderbaren Frauen, doch der Suchtkranke in mir zerstörte diese Beziehungen früher oder später, und ich war wieder für eine Weile mit meiner ursprünglichen Frau zusammen, so »enabling« und ko-abhängig wie eh und je. Tatsächlich wollte ich vor einigen Wochen wieder mit Dr. R Kontakt aufnehmen, weil ich erneut so dysfunktional wurde, dass unsere Ko-Abhängigkeit in Frage gestellt war. Inzwischen hat sich die Lage wieder etwas entspannt, aber es geht keinem von uns gut damit. Doch ich brauche sie als meine beste Freundin.*

*Suchtkranke brauchen beste Freunde, gesunde Menschen brauchen gesunde Beziehungen.*

*Ich hoffe, meine persönlichen Erfahrungen ermöglichen eine gewisse Einsicht in mein Suchtverhalten. Ich stelle mir gerade vor, wie sich Dr. R in seinem Drehstuhl zurücklehnt, von dem Notizblock auf seinem Schoß aufblickt (ich habe mich immer gefragt, was diese kleinen Häkchen bedeuten, die er machte) und mit wissendem, aber besorgtem Blick vorschlägt, zu einer AL-ANON-Familiengruppe zu gehen, um die Erfahrungen anderer Leute zu hören, die ebenfalls eine Beziehung mit Suchtkranken hatten.*

*Mike*

## 31. Kapitel

Plötzlich packt mich eine unerträgliche Angst vor mir selbst.

*Mein Achselgeruch.*

*Der Geruch von mir selbst an den Fingerspitzen, nach dem Masturbieren.*

*Der Duft meiner Haare auf dem Kissen.*

Dein Lover sagt: »So bist du und so bist du auch«, und dann kicherst du und sagst: »Ich weiß nicht, was du meinst!« Und erst wenn die Männer weg sind, begreifst du, was sie gemeint haben. Aber dann ist keiner mehr da, mit dem du es teilen kannst.

Es ist nur Liebeskummer, keine Tragödie. Eine Tragödie ist es, wenn man den Vater seiner Kinder an den Krebs verliert. Damit ringe ich am meisten. Es gibt einunddreißig Aromen von Schmerzen, so viele wie Eiscremesorten in den verdammten Baskin-Robbins-Filialen. Darf ich überhaupt leiden unter einer Trennung? Wo Dr. Rs Frau und seine Kinder diesen schweren Verlust erlitten haben?

Weil ich bei der Sabbat-Feier losheule, werde ich ins Büro des Rabbis gerufen. Ich erzähle ihm meine Geschichte und sage, dass ich mich schäme, so sehr darunter zu leiden, und das so kurz nach Dr. Rs Tod.

Rabbi Wolpe schüttelt den Kopf. »Die Liebe ist eine sehr ernste Sache. Ich halte sie nicht für unbedeutend.«

Es ist ein frostiger Herbst in Manhattan, und es fällt mir schwer, nach New York zurückzukehren und vor allem die Leute von der Upper East Side zu treffen. Innerhalb eines Radius von fünfzehn Blocks gibt es zwei Räume, in denen ich mir unter die Haut blicken ließ. Niemand hat es je erfahren. In dem einen Raum habe ich mit einem Mann mit zu hoch sitzendem Gürtel geredet und geredet. In dem anderen fast kein Wort, es gab nur einen dürren Mann, mit blauen Flecken übersät, der eine Frau mit Kurven und verblassenden Narben küsste.

Ich bin in New York, um mich mit Barbara, Dr. Rs Witwe, zu einem Lunch zu treffen. Und zwar im Sarabeth's, gleich um die Ecke von seiner Praxis. Sie ist blond, sehr attraktiv und blitzgescheit. Passend zu ihrem sonnenblonden Haar esse ich nur gelbe Gerichte. Zuerst ein Omelett, danach Lemon-Ricotta-Pancakes von ihrem Teller. Wenn ich esse und esse, so hoffe ich, breche ich nicht vor ihr in Tränen aus. Und wenn ich nicht weine, kann ich mich beherrschen und frage nicht: »Was ist passiert? Warum hat er mich nicht vorgewarnt?«

Sie lächelt, als ich mich über ihren Teller hermache.

»Wir waren siebenundzwanzig Jahre zusammen. *Carpe diem* war unser Motto. Er war ein Mensch, der von ganzem Herzen ans Leben glaubte, und das taten wir immer, auch nach der Diagnose.«

Sie schiebt die Reste auf ihrem Teller hin und her, als müsste sie sie nur richtig anordnen, um die geeigneten Worte zu finden, um mich zu trösten. Trotz ihres eigenen Kummers denkt sie an seine Patienten.

»Egal, wie verworren ihre Situation auch war, er schaffte es, dass seine Patienten wieder Zutrauen fassten. Er war so ein positiver Mensch! Als er seine Diagnose erfuhr, sagte er: ›Das Leben kann hart sein, aber wir schaffen es schon! Wir bringen die Chemo hinter uns und machen einfach weiter.‹ Es kam ihm und somit auch uns nie in den Sinn, dass er diesen Kampf nicht gewinnen würde. Deshalb war sein Tod so ein gewaltiger Schock.«

Sie greift in ihre Handtasche und legt einen Stapel Bücher auf den Tisch. »Die sind für Sie gekommen.« Ich schaue sie mir an. Sie sind an mich, Dr. R und GH adressiert. Zwischen den

Seiten stecken Bilder, aus Illustrierten ausgeschnitten, auf denen ich mit GH zu sehen bin.

»Wissen Sie, was das soll?«, fragt sie.

»Ach, nur ein verrückter Fan.«

»Ich verstehe nicht …«

»Ich war mit diesem Filmstar zusammen …« Ich verstumme, weil ich das Gefühl habe, eine Subkultur am Rand der Gesellschaft zu beschreiben. Transsexuelle, Furries, Schauspieler.

Zum Abschied umarmen wir uns.

Als ich mit meinen Stalker-Büchern mit dem 6er nach Hause fahre, denke ich, dass es doch irgendwie komisch ist, dass Dr. R und GH endlich zusammengekommen sind, allerdings absolut nicht so, wie ich es mir gewünscht hatte. Und ich denke an Barbara und ihre Abschiedsworte, bevor ich zur U-Bahn ging.

»Ich sage es immer zu meinen Kindern und ich sage es nun auch zu Ihnen: Sie können diese Art von Liebe spüren. Es ist, wie wenn man sich im Karussell an einem Messingring festhält. Man kann sie haben. Greifen Sie einfach danach. Natürlich ist das Problem mit dieser Liebe …«, der Zug fährt an, und ihre Stimme in meinem Kopf wird zunehmend leiser, »dass man sie auch verlieren kann.«

# 32. Kapitel

*Love Fifi Underwear* teilt mir per E-Mail mit, dass meine Ware versendet wurde. »Wir freuen uns sehr, dass Sie auf uns aufmerksam geworden sind. Und wir werden uns um Sie kümmern, jetzt und für immer.«

Diese Zusicherung der Lingerie-Firma ist sicher sehr nett gemeint, aber sie irritiert mich sehr. Ich will keine Versprechungen. Von niemandem!

Ich sehe, dass auf der Handcreme neben meinem Bett »Großzügig auftragen« steht, und sage laut: »Verpiss dich, Handcreme!«

Ich sehe *O, The Oprah Magazine*, an Zeitungskiosken, und obwohl sie normalerweise in verschiedenen glücklichen Posen in fröhlichen Farben posiert, sieht es diesen Monat so aus, als stünde das »O« für Ophelia, die auf dem Rücken liegend am Cover hinuntergleitet. Als wollte sie die Liebe *und* das Kleid, die vom Ertrinken fleckig geworden sind, reparieren!

Ein Waschbär stapft an meinem Fenster vorbei. Doch er ist kein Omen mehr, kein Zufall, kein Zeichen. Er ist nur ein Tier, tollwütig, mit gefährlichen Krallen, das zu überleben versucht.

Ich spüre, wie das Wasser um mein Herz herum ansteigt. Es steigt und steigt. Dies ist mein letzter Atemzug, mein letztes Herz. Ich suche hektisch nach einer Luftblase.

Ich habe Sex mit einem Typ, der meine Katze von einem Baum rettet. Ein Rottweiler hat Perry bis fast ganz nach oben gejagt. Es ist ein lieber Rottweiler, doch Perry ahnt, wozu er fähig ist. »Soll ich Ihre Katze da runterholen?«, fragt der Mann, ein Bekannter meines Vermieters, der gerade zu Besuch ist. Er klettert bis ganz hinauf und kann Perry überreden, sich wieder nach unten zu wagen.

Ich gehe ins Haus, um ihm etwas zu schenken, doch da ich nichts Passendes finde, bekommt er meine Vagina. Er ist sehr zärtlich zu meiner Katze. Mit mir ist er jedoch grob. Wenn es wenigstens so gelaufen wäre: Er rettet meine Katze … wir reden über Barack Obama … und dann haben wir Sex? Nein, absolut keine lange Präambel. Es bedeutet weniger als nichts, und nach nur zwölf Stunden bedeutet es alles. Es ist rücksichtslos, und das bedeutet, dass meine Medikamente versagen. Da wäre ich also wieder. Ich hatte versucht, einen Bann zu brechen. Es hat nicht funktioniert. Nein, das trifft nicht zu. Sagen wir besser: Es hat mich in der Zeit zurückkatapultiert.

Als Perry vom Baum kommt, tut er sehr gelangweilt. Er frisst vier Bissen, ist wieder gelangweilt. Will nicht draußen spielen. Er will nur bei mir sein, warmes Fleisch an warmem Fleisch, und das gibt meinem Herzen den Rest.

Der Katzenretter besucht mich wieder, einmal, zweimal. Wir haben keine Telefonnummer voneinander, er steht einfach da. Jedes Mal bin ich völlig unvorbereitet und noch schlampiger und unvorteilhafter gekleidet als beim letzten Mal. Wie wenn ich einen Poncho anhätte und Würmer aus meinen Augen kommen würden. Das andere Mal, ich schwöre es – so wahr mir G-tt helfe –, trage ich Unterwäsche, auf die meine Schwester Jon Stewarts Kopf drucken ließ und die zu allem Überfluss noch Periodenflecken aufweist.

An Halloween zwickt mir ein bildschöner Bisexueller in die Brust, und ein Mann will mit mir ausgehen. Ich bin dann jedes Mal total am Boden, weil es immer der Falsche ist. Wir sind drei Minuten von GHs Haus entfernt, und ich trage ein Schneewittchenkostüm. Und ich kann nicht zu ihm gehen.

Da fällt mir ein, dass ich mit auf seiner Video-Card bin. Es war real. Ich leihe drei Videos aus und nehme mir vor, mir jede

Woche einen Film auszuleihen, genau wie Joe DiMaggio Marilyn zu jedem Geburtstag Rosen aufs Grab legte. Nur weniger aus Mildtätigkeit, sondern vielmehr aus Eigennutz.

Wenn jemand sagt: »Er ist ein wirklich guter Schauspieler«, bin ich komischerweise stolz.

Ich frage meinen Vermieter Scott, ob ich die Wände im Treppenhaus des Gästehauses streichen darf. Sie sind deprimierend weißgrau und die Farbe blättert ab. Er kommt vorbei, als ich zornig und heulend auf der Trittleiter stehe und mit dem Pinsel herumkleckse.

»Was machst du da?«

»Malen. Du hast es mir erlaubt.«

»Ja, aber von pink war nie die Rede, Emma! Du hast das verdammte Haus pink angemalt!«

Ich bin sauer und heule und habe Farbe an den Händen und in meiner jüdischen Afromähne, und der pinkfarbene Flur sieht in der Tat wie eine absurde Pepto-Bismol-Tablette aus.

»EMMA!«, schnaubt er und reißt sich dann zusammen. »Du kannst verdammt nochmal von Glück sagen, dass du gerade in einer depressiven Phase bist.«

Bestandsaufnahme – Songs, in denen es nicht um Liebe, Lust, Sehnsucht oder Verlust geht:
*Neil Young:* Rockin' in the Free World. *Das war's auch schon. Das ist der einzige.*

Ich habe ständig Migräne. Die Menge an Migränemitteln, die ich nehme, schränkt die Wirkung des Psychopharmakons ein. Ich brauche sie, damit ich nachts schlafen kann. Ich sehe mir *Synecdoche, New York* an und begreife nicht, warum Charlie Kaufman einen Film über GH und mich gedreht hat. Aha … ich distanziere mich davon. Perfekte Bedingungen. Es ist fast der gleiche perfekte Aufruhr wie beim ersten Mal.

Ich schaue den blauen Himmel und die Bäume an und sehe überall Orte, an denen man sich aufhängen kann. Früher, von meinem Apartment in New York aus, sah ich nur Orte, von denen man sich stürzen konnte. Wo würde mein Körper landen? Welchen Ast würde ich mir aussuchen?

Gegen ein Uhr nachts höre ich ein lautes Plopp aus der Küche, schmutziges Abwasser quillt aus meiner Spüle. Es hört und hört nicht auf. Ich komme mir vor wie in *Amityville Horror*. Ich schöpfe wie eine Verrückte ab, doch das Wasser quillt weiter. Und es stinkt erbärmlich. Ich habe GH seine Hausschlüssel zurückgegeben. Sprachlos blicke ich mich in meiner Küche um. Scheiße, wohin das Auge fällt.

Ich schicke GH eine SMS. Damit er weiß, was passiert ist. Doch er bietet mir kein Plätzchen in seinem Paradies an. Er wünscht mir nur einen guten Klempner.

Kennen Sie zufällig den Film *Mulholland Drive – Straße der Finsternis*? Laura Harring und Naomi Watts treffen sich, verlieben sich ineinander und gehen in den Club Silencio, wo sie weinen, als sie die wunderbare Sängerin hören. Anschließend gehen sie nach Hause, und als Naomi kurz aus dem Zimmer geht, um etwas zu holen, und dann zurückkommt, ist die Frau, mit der sie Sex hatte, weg. Sie ist einfach gegangen. Und Naomis Leben wird zu einem total anderen Film. So fühlt es sich an.

Während ich mit meinem iPod spazieren gehe, rollt der Song *Raglan Road* den Laurel Canyon herunter: »That I had loved not as I should / a creature made of clay.«

Als ich eines Tages auf meinem üblichen Hügel spazieren gehe, treffe ich den Katzenretter. Er küsst mich, und ich fange an zu weinen. Doch das stört ihn kein bisschen.

»Ähm … mein Therapeut ist gestorben, und der Mann, der mit mir eine Familie gründen wollte, ist eines Tages aufgewacht und hat mir erklärt, dass es aus ist.«

»Du hast zu viel Energie. Das hat ihn überfordert.«

»Nett von dir, aber das glaube ich nicht.«

Er fährt mit einem Finger an meinem Schenkel hoch, unter meinen Rock und in meinen Slip.

Dabei sieht er mir in die Augen und sagt: »Was ich gerade tue, hat nichts mit Sex zu tun.«

»Irgendwie doch, weil dein Finger gerade in mir steckt«, sage ich, als würde ich bei einer Quizshow eine Antwort geben.

»Nein, ich versuche nur, deinen Energiestrom umzuleiten.«

Ich schiebe ihn von mir weg.

»Ich weiß, dass du mir mit diesem Finger-Fuck am Highway eine Freude machen willst. Aber … das hilft mir eigentlich gar nicht.«

In jener unruhigen Nacht träume ich, dass Bob Dylan als Nebenbeschäftigung Abtreibungen macht. Ich bin mit Pearl schwanger, und GH will nicht, dass ich abtreiben lasse. Doch wenn Bob es tut, denke ich mir, wird GH abgelenkt sein und ihm jede Menge Fragen stellen wie: »Wie war es, als du mit Emmylou Harris ›One More Cup of Coffee‹ gesungen hast?« Und es klappt. Bob Dylan kann die Abtreibung vornehmen.

# 33. Kapitel

Wahlabend 2008.

Auf jedem Fernseher ist dieser attraktive Mann zu sehen, der seine Frau vergöttert und uns immer wieder erklärt, dass er ohne sie nicht hier stünde. Wo immer ich in meinem Trennungsschmerz auch hinschaue, sehe ich »HOFFNUNG«. Die Kühnheit der Hoffnung. Die Dummheit der Hoffnung. Den Irrglauben der Hoffnung. Hier nun die Wahrheit: Hoffnung ist im Großen und Ganzen keine besonders gute Strategie. Ich beginne, an die Kühnheit der Verzweiflung zu denken. Bin ich mutig genug, es auszusprechen: *Dies* ist eine Sache, für die es sich lohnt, sich umzubringen. Wenn dem nicht so wäre, warum wäre es dann ein Leitmotiv der Weltliteratur, der großen Kinofilme und Opern zu allen Zeiten? Sind Klischees nicht genau deshalb Klischees – einfach weil sie wahr sind?

GH fand es immer interessant, wie kompliziert und schwierig ich bin, dass sich meine Haare und mein Herz nicht zähmen lassen. »Wie die verdammte Medusa«, staunte er. Inzwischen bin ich nur noch eine klassische Figur der griechischen Dichtung, deren Selbstwertgefühl platt gewalzt wurde. Nur eine von vielen, irgendein Mädchen. Diese Trennung hat mich zu einer Medusa gemacht, die sich vor ihren eigenen Schlangen fürchtet.

Während ich ungebremst auf die Talsohle zurolle, strecke ich die Hände nach GH aus, sage ihm, dass es mir nicht gut geht und dass ich schrecklich gern mit ihm reden würde. Keine Antwort. Zwei Tage lang bin ich innerlich aufgewühlt und glaube felsenfest, dass er antworten wird. Tut er nicht. Schließlich bekomme ich eine kühle E-Mail. Er schreibt, er sei »froh, dass es mir gut geht«, ohne darauf einzugehen, was ich ihm geschrieben habe. Es ist, als habe er komplett ausgeblendet, dass er mich bis vor kurzem geliebt hat oder dass ich leide. Ich bin abgeschrieben. Ich glaube nicht, dass ich klüger war als die anderen Mädchen, denen er dies angetan hat, oder so schön wie sie. Es ist nur so, dass es mich betrifft. Es war alles, was ich hatte.

Ich übermale das Pink in meinem Gästehaus, mache etwas, was sich Lasur nennt. Jetzt ist es mehr … na ja, rot. 3-D. Kein guter Trip.

Barack nimmt seine Präsidentschaft an und stellt dabei »meine beste Freundin seit sechzehn Jahren, die Liebe meines Lebens, Michelle Obama« vor, und ich falle fast in Ohnmacht. Das ist es, jawohl, vor meinen Augen: gelebte Liebe! Auf dem Nachhauseweg versuche ich, mich geistig auf das glückliche Bild von kleinen schwarzen Mädchen zu konzentrieren, die auf dem Rasen vor dem Weißen Haus seilspringen. Stattdessen sehe ich dauernd Jesse Jackson vor mir. Er stand in der Menge und verfolgte Baracks Rede mit Tränen in den Augen und einem Finger an den Lippen, wie eine Frau. So habe ich auch den ganzen Tag geweint. Am nächsten Morgen schneide ich das Bild aus der Zeitung aus und betrachte es eingehend. Wir machen dasselbe Gesicht, ich aus Verzweiflung und Jesse vor Freude, und beide versuchen wir, nicht vor Emotionen zu zerfließen. Später an diesem Tag beschließe ich, dass er nicht wegen der historischen Tragweite dieser Präsidentschaft weint, sondern aus demselben Grund und auf dieselbe Art wie ich: weil GH ihn nur umworben hat, um ihn dann auf grausame Weise fallenzulassen, und er sich nun wie ein Arschloch vorkommt, weil er darauf hereingefallen ist. Beim Anblick von Barack und Michelle denkt er, dass das der größte Tag seines Lebens ist und auch sein schlimmster, und er weiß nicht, was er tun soll. Das ist der wahre Grund, warum Jesse Jackson bei Baracks Amtseinführung geweint hat.

GH war süchtig nach mir, und jetzt macht er kalten Entzug. Früher hat er mir fünfzig SMS pro Tag geschickt. Jetzt ignoriert er mich. Es ist, als wäre ich früher sein Barack Obama gewesen. Und ich bin jetzt John McCain, eine Stoffpuppe mit traurigem Gesicht, die ihre Niederlage eingesteht und weiß, dass sie das Beste von sich verkauft hat. Nicht nur, dass er, meine Wählerschaft, mich nicht mehr will – er ist auch noch voller Mitleid.

Der Einzige, dem ich mein Herz ausschütten kann, ist komischerweise der Schriftsteller mit den berühmten Worten und dem berühmt-berüchtigten Liebesleben, der mich während meiner Sitzungen jahrelang beschäftigt hat. Wir essen in einem angesagten Restaurant zu Abend, und ich trage ein hübsches Kleid, habe einen Good-Hair-Day, und L. A. glitzert vor unseren Augen, und wir ahnen, dass es ein besonderer Abend ist. Ich befrage ihn zu dem Jahr, in dem er in den Schlagzeilen war, weil er Crack genommen hatte, und er sagt: »Emma, bitte, Crack *nimmt* man nicht, man *raucht* es. Etwas mehr Respekt bitte.«

Wir lachen, und mitten in einem Witz fallen plötzlich Tränen auf meinen Lachs, der sowieso schon feucht genug ist.

»Ich heule nicht.«

»Emma …« Er legt seine Hand auf meine.

»Schon gut, ich heule ja gar nicht.«

»Emma, rede mit mir!«

Dabei haben wir jahrelang nicht geredet.

Ich erzähle ihm, wieso ich denke, dass ich allen Glauben verloren habe. Und wieso ich nicht aufhören kann zu schreiben, weil ich nicht weiß, wie lange ich noch durchhalte.

Er hält meine Hand nun mit beiden Händen fest. Am Ärmel seiner Jacke klebt ein Stück Lachs.

»Emma, du bist nur sehr, sehr traurig. Und das zu Recht.«

Alles, was er nie für mich sein konnte, als wir »zusammen« waren, macht er an diesem Abend tausendfach wieder gut.

Ich liebe ihn und er liebt mich, und es ist mir egal, mit wem er zusammen ist, ich will, dass es ihm gut geht, und ihm ist es egal, mit wem ich zusammen bin, er will, dass es mir gut geht. Wenn man ihr etwas Zeit gibt, kann die Liebe die erstaunlichsten Formen annehmen. Ich sage zu ihm:

»Dr. R würde rückwärts vom Stuhl fallen, wenn er wüsste, dass du mein Rettungsanker bist. Du warst so gefährlich! Es machte ihm Angst, was du an Unheil anrichten könntest. Ich sagte, dass du eben *hot* bist. Und weißt du, was er daraufhin gesagt hat? ›Ja, so hot wie Kokain-Crack.‹«

Er lacht und hält sich die Hände vors Gesicht. Als er den Kopf wieder hebt, lacht er noch immer.

Und das ist der Beweis, dass Distanz alles verändern kann, etwas Dekoratives in etwas Heilendes verwandelt, und das ist so ähnlich wie wenn man beobachtet, wie aus einer Schneekugel eine Wärmflasche wird.

Er fährt mich bis vor meine Tür und wartet, bis ich den Schüssel für das Sicherheitsschloss herausgekramt habe, das GH installieren ließ.

Über den Anblick, der sich mir im Inneren bot, kann ich heute lachen, damals nicht. Ich konnte das T-Shirt mit GHs Liebesschwüren verstecken wo ich wollte, Junior stöberte es jedes Mal auf, zerrte es aus seinem Versteck und rieb sich daran. So auch an diesem Abend. Kurz entschlossen nehme ich es ihm zum letzten Mal weg, stopfe es in zwei Mülltüten und verstaue sie ganz unten im Wäschekorb, vor dem Junior aus irgendwelchen Gründen Angst hat.

Ich glaube, schon damals, als GH mich mit Tränen in den Augen fragte, ob er mir gehöre, hat er gewusst, was er tun würde, was er tun musste, und er hat schon damals um uns getrauert. Er hat die ganze Zeit um uns getrauert, so wie ich jetzt um Dr. R trauere.

Aber diese Erkenntnis hilft mir nicht weiter.

Spät am nächsten Abend sage ich zu dem Mann, der meine Katze gerettet hat, als er meine Bluse aufknöpft: »Ich möchte sterben.« Ich schaue ihm in die Augen, als er den Reißverschluss meiner Jeans öffnet, und sage es noch einmal: »Ich möchte nur noch sterben.« Er denkt, ich spiele eine Rolle. Er legt mir die Hände um den Hals und drückt zu. Fest.

Ich schließe mich mit meinem BlackBerry ins Bad ein, wie in der Nacht, als GH mich verließ, und frage mich, ob er kommen und mich retten würde, wenn ich ihn anriefe. Ich starre seine Nummer an. Bitte komm und hol mich hier raus. Bitte wirf diesen Mann hinaus. Und ich weiß, dass er, wenn ich ihn anrufe … nicht mal drangehen würde.

Deshalb gehe ich in mein Schlafzimmer zurück und lasse es zu, dass der Mann mir erneut die Hände um den Hals legt und leicht zudrückt. Das bin nicht ich. Aber ich bin da. Also muss ich es doch sein. Seine Daumen drücken gegen meine Kehle. Ich frage mich, ob er es wirklich darauf ankommen lässt.

# 34. Kapitel

Seit GH fort ist, fühle ich mich wie eine Rentnerin, die am Telefon ihre gesamten Ersparnisse weggegeben hat. Und das ist die Crux: Ich habe mein Leben lang an niemanden so sehr geglaubt wie an ihn. Ich schäme mich unendlich.

Junior, mein Samttiger, streift an meinem Bein vorbei und geht zielstrebig in meinen großen Kleiderschrank, um eines seiner drei täglichen Nickerchen zu halten. Ich gehe ins Badezimmer, nehme mein Pillenfläschchen und folge ihm, ganz nach hinten in den Schrank, wo uns keiner findet. Junior kuschelt sich in die Ecke. Ich nehme drei Pillen, dann nochmal zwei.

Ich zähle ab, wie viele Pillen ich noch habe. Mehr als genug. Dann kommt diese komische Anwandlung – wie neulich schon –, als ich Kopfschmerzen hatte und mir überlegte, ob ich wirklich zwei nehmen soll; blieben mir dann noch genügend, um mich umzubringen?

Ich bin fast zweiunddreißig. Wenn ich es nochmal mache, muss es klappen. Wenn es nicht klappt, werde ich vermutlich aus diesem Häuschen ausziehen müssen. Mein Konto ist in den Miesen, nirgends ist es so schön wie hier, und meine Katzen fühlen sich wohl.

Kein Abschiedsbrief. Es gibt nichts mehr zu sagen.

Junior legt sich auf meine Brust. Ich hatte gehofft, dass eine meiner Katzen das tut. Ich will nicht allein sein, wenn ich gehe.

Ganz hinten im Schrank, in den ich mich verkrochen habe, finde ich einen High Heel, den ich seit einem Jahr vermisse. Junior hat seine Klappermaus darin versteckt. Beim Klappern wacht Junior erfreut auf, nimmt die Maus in seine kleinen

Klauen und marschiert damit ins Bad. Ich stehe auf und folge ihm.

Er macht es sich auf der Badematte gemütlich. Ich lasse mir ein Bad einlaufen und lege die restlichen Pillen auf das Fensterbrett. Ich steige in die Wanne und lasse meine nassen Haare um meinen umnebelten Kopf schwimmen. Durch die Lamellen der Jalousie kann ich die Bäume sehen und dahinter den Vollmond, unseren Mond, den wir zwischen uns immer hin und her geschickt haben. »Diese Nacht ist perfekt.«

Da höre ich eine Stimme.

»Warten Sie«, sagt Dr. R im Körper von Junior, der seine rötlich-orange Pfote auf den Beckenrand gelegt hat und wie ein Erdmännchen darüber schielt. »Warten Sie noch.«

Ich rede mit der Wand. Suche Trost bei einer Katze. Und spüre die bösen Vorzeichen.

Wenn ich es tue, ist Dr. R umsonst gestorben. Ich hasse es, wenn Beyoncé einen Grammy gewinnt und sich in ihrer Dankesrede bei G-tt bedankt. Für Darfur hatte er keine Zeit, aber er hat dafür gesorgt, dass du deinen MTV-Moonman gewinnst! Ich weiß, dass Dr. R wesentlich wichtigere Dinge hinterlassen hat als mich. Ich weiß es. Ich weiß, dass ich nicht zu seinen engsten Beziehungen gehörte. Aber ich war *eine* seiner Beziehungen.

Es war ihm nicht vergönnt, seine Kinder aufwachsen zu sehen, mit seiner Frau alt zu werden.

Alle Mädchen, bei denen ich mich ausheulen kann, sind jünger als ich. Ali ist 27, Elishia 28, Natalie ebenfalls 27. Danielle ist 25 und gerade in einer ähnlichen Situation. Ich bringe es nicht über mich, ihr zu sagen, dass ich ihr nichts anderes sagen kann, als dass sie es überleben und vermutlich noch öfter durchmachen wird. Und dass es in drei oder in fünf Jahren unvergleichlich schwerer und in acht Jahren vermutlich unüberwindlich sein wird.

»Pearl, Pearl, mein Perlenmädchen«, murmle ich bei jeder der roten Pillen vor mich hin. Es ist wie ein Madrigal: Pille, Perle, Träne, Pille, Perle, Träne …

»Wir werden sie Pearl nennen«, hatte GH gesagt, »denn ihre Schönheit wird sie durch ihre enorme Willenskraft selbst geschaffen haben.«

Als ich die Wrackteile meiner Zukunft durchforste, wünsche ich mir, ich wäre ein bisschen mehr wie meine imaginäre Tochter.

Natürlich sind da Fragen nach Abhängigkeitsmustern, natürlich ist er ein Freak. Natürlich hat es nichts mit mir zu tun. Aber was ändert das? Er hat mich geliebt und jetzt liebt er mich nicht mehr. Ich war alles für ihn, jetzt bin ich nichts mehr. Ich klappe meine Muschel zu.

Meine imaginäre Pearl!

Ich lege die Pillen zu einer Halskette aus. Lege mir eine auf die Zunge, dann noch eine, schlürfe Badewasser, während ich sterbe.

Junior schnurrt laut, einen tibetischen Totengesang. Und dann höre ich Dr. R und schaue zu Junior hinunter. »Emma Forrest …«

Nein, ich habe mir dieses Leben nicht erträumt. Diese unglaublichen Hochs, die unerträglichen Tiefs. Ich will eine Cheerleaderin sein in … in …

»Wo?«, fragt Dr. R mit dem Katzenkopf und seiner üblichen Logik.

»In Minnesota.«

»Eine kalte Gegend.«

»Stimmt.«

»Dann besser Cheerleaderin hier. Hier ist der Himmel immer blau.«

»Dort auch.«

Ich begreife nicht, warum GH nicht mehr mein Mann sein

will. »Natürlich bin ich noch dein Mann«, schrieb er mir noch in der Woche, in der er mich abserviert hat. »Ich bin dein Mann. Immer.« – »Aber du bist nicht hier.« Ich sehe den geisterhaften Zug seiner früheren Freundinnen, die er vermutlich von heute auf morgen sitzenließ. Ich war nicht die Erste. Ich werde auch nicht die Letzte sein. Ich bin nur eine einzelne Perle an einer Halskette.

Junior stupst mich an, schlägt nach meinen Zehen im Wasser.

»Niemand hat dich je so sehr geliebt wie GH. Und niemand hat dir seine Liebe so komplett entzogen. Aber sie ist noch da. Schau dich um. Die Spinne unter dem Flann-O'Brien-Buch. Das Tor, das sich endlich schließen lässt. Das Sicherheitsschloss an der Haustür. Mit diesen kleinen, aber wichtigen Details hat er dein Haus sicherer gemacht, damit du unbesorgt darin leben kannst.«

»Ich liebe dich so sehr«, sagte GH immer und immer wieder am Telefon, und obwohl es keinen Sinn ergibt, antwortete ich: »Ich weiß«, weil es so war.

Junior grinst: »Niemand kann über seinen Schatten springen.«

Ich lasse den Rest der Pillen ins Badewasser fallen. Und staune, als sie sofort nach unten sinken. Und dann löst sich vermutlich die Beschichtung auf, denn das Wasser färbt sich rot. Wenn mich jemand sähe, würde er denken, ich bade in dem, was hätte sein können. Ich starre ins Wasser. Nein, das bin nicht mehr ich.

Ich klettere aus der Wanne und ziehe den Stöpsel. Ich schöpfe die nackten Pillen ab, die sich nun in ihrer weißen Unterwäsche zeigen, und schütte sie in ihr Fläschchen zurück.

Vier Stunden danach kommt mein Vermieter vorbei. Vier Stunden: Wahrscheinlich wäre ich noch gerettet worden. Vielleicht aber auch nicht. Vielleicht mit Leberschaden. Er hätte mich rausgeworfen. Ich gehe zur Tür, von oben bis unten voller Katzenhaare, weil ich in Juniors Nest im Wandschrank lag. Doch das fällt Scott nicht auf.

»EMMA! Du hast das Haus knallrot gestrichen!«

»Entschuldigung …«

»Es sieht aus, als wären wir in einem sezierten menschlichen Organ, Emma! Du hast das Haus in dein gebrochenes Herz verwandelt!«

Ich gehe nach oben, mache die Schranktür zu und setze mich mit meinen ausgelatschten Converse-Schuhen und meinen Gewissensbissen aufs Bett.

»Sie fehlen mir«, sage ich zu den Wänden, aber eigentlich zu Dr. R, »schrecklich sogar.«

Die Luft überbringt mir seine Antwort: »Ich weiß.«

Das Pillenfläschchen wandert ins Schränkchen zurück, bis zum nächsten Mal, bis zum nächsten Lover, bis zum nächsten Leben. Oder eben, wenn nötig, bis zu den nächsten Kopfschmerzen.

## 35. Kapitel

Ich werfe alles weg. Jedes Buch, das er geschickt hat, jeden Liebesbrief, jedes Gedicht, jedes Schmuckstück, das gerahmte Tiffany-Foto, das er mir gab, damit ich auf ihn aufpasste, wenn er fort war. Irgendwann mache ich zufällig das Gefrierfach auf und finde, ganz hinten, die kalorienarme Lasagne, die er mitbrachte, als er zum ersten Mal über Nacht blieb. Etwas hält mich davon ab, sie in den Müll zu werfen. Eine Stimme in meinem Kopf sagt mir, ich solle sie im Garten vergraben, ganz hinten, wo wir uns so viele Male geliebt haben. Das tue ich auch.

Mein Fenster der Vernunft schwingt hin und her. Selbstmorde sind so tragisch, weil nichts sie verhindert hat. Ich merke, dass ich meine Medikamentendosis überprüfen lassen muss. Barbara empfiehlt mir Dr. K, doch der sitzt leider in San Francisco. Seit dem, was mir als Sechzehnjährige dort passiert ist, war diese Stadt für mich tabu.

SB und Teeter waren vor zehn Jahren, nach meinem ersten Selbstmordversuch, bei mir. Dieser neue ist mein Zweites Vatikanisches Konzil. Neue Beschlüsse. Wir vergeben den Juden. Großes Bedauern. Meine Mutter wird einfliegen und uns dort treffen. Auf der langen Fahrt nach Norden will SB immer diese schmalzige amerikanische Musik hören und ich melancholische Popsongs aus England, irgendwas Nettes, vielleicht New Order. Ich setze mich durch, und wir merken, dass Männer auf den Zufahrtsstraßen nach San Francisco, die in ein Auto schauen, aus dem *True Faith* ertönt, enttäuscht sind, wenn drei Frauen darin sitzen. Teeter sitzt hinten, zusammen mit Buzzo, SBs Hund, der ein Halstuch umgebunden hat und nicht sehr glücklich wirkt.

SB und Teeter schlagen ein Spiel vor, bei dem man das letzte Wort eines Filmtitels durch das Wort »Penis« ersetzen muss.

*Der weiße Penis*

*Fluch des Penis*

*Die Hochzeit meines besten Penis*

Als wir im Hotel sind, genehmige ich mir ein Bad, bei dem ich gleichzeitig BH, Slip und T-Shirt wasche, weil sie von der Fahrt verschwitzt sind. Und da sie sowieso von Hand gewaschen werden müssen, genau wie ich selbst, finde ich, dass sich das gut kombinieren lässt.

SB kommt herein, weil sie aufs Klo muss. »Typisch Emma.«

»Wie meinst du das?«

»Du bist schmutzig, deine Klamotten sind schmutzig, also setzt ihr euch zusammen in die Wanne und schmort in eurem eigenen Dreck.«

»Oh, das hab ich nicht bedacht.«

Gleich nach ihrer Ankunft ruft Mum aus dem Hotelkorridor an. »Hab mich verlaufen.« Da wir beide Sternzeichen Steinbock sind, beharrt sie darauf, dass ich eine Berg-Steingeiß bin, sie eine Flachland-Steingeiß.

Mir fällt während dieser Reise auf, dass sie doch in mancher Hinsicht eine Siebzigjährige ist. Sie hat Probleme mit Sitzgurten, Geldautomaten und dem Reißverschluss ihrer eigenen Jacke.

SB und Teeter ziehen los, um Spaß zu haben, Mum und ich bleiben im Hotelzimmer und spielen mit meinen Tarotkarten. Sie zieht mehrmals die Karte, die für Seelenpartner steht.

»Das sind du und Dad«, sage ich, und irgendwie fuchst es mich, dass sie die wahre Liebe gefunden haben, obwohl es mich andernfalls gar nicht gäbe.

»Hör mal, ich hab es noch nie jemandem erzählt. Ich bin eigentlich wegen eines ganz anderen Mannes nach England gezogen. Der wollte aber nichts von mir wissen. Und gleich in der ersten Woche habe ich deinen Vater kennengelernt.«

Ich weiß, dass sie überlegt hat, mich abtreiben zu lassen, doch Dad meinte: »Probieren wir's doch einfach«, und das taten sie dann. Und sie sind noch heute, über dreißig Jahre später, zusammen.

Wir teilen uns ein Bett in einem Zimmer, das zum Hafen geht, und ich bin die halbe Nacht wach und fülle Formulare aus, die mir Dr. K als Vorspiel zu unserem Termin geschickt hat. Gegen eins fährt Mum aus dem Tiefschlaf auf und verkündet mysteriöserweise: »Ich glaube, ich sage gleich ›ooooh‹.«

Sie macht eine dramatische Pause (eine Schauspielerin, sogar im Schlaf!) und sagt dann tatsächlich »OOOOOH«. Dann legt sie sich wieder auf den Rücken und beginnt zu schnarchen.

»Zimmerservice?«, sagt eine Stimme vor der Tür am nächsten Morgen, und Mum antwortet trällernd, Holly Golightly in *Frühstück bei Tiffany* imitierend: »Rooom service … wiiiiiiider than a mile …«

Wir nehmen ein Taxi, sind etwas zu früh vor Dr. Ks Haus und tun so, als wollten wir in der Boutique nebenan noch etwas kaufen, obwohl wir es absolut nicht vorhaben. In seinem Wartezimmer liegt der gleiche *New Yorker* wie bei Dr. R vor einem Jahr. Hat er ihm die Zeitschriften vererbt? Dr. Ks Sprechzimmer ist größer als das von Dr. R, besser belüftet dank des großen Fensters. Seine Stühle sind etwas weniger bequem, aber die Luft ist gut.

Dr. K ist ein schmächtiger, grauhaariger Mann, etwa im Alter von Dr. R, der mich mit einem Lächeln begrüßt und dann die Formulare durchsieht, die ich brav ausgefüllt habe. »Aha«, sagt er hinter seinem Schreibtisch. »Aha.«

Dann blickt er auf. »Sie haben ja einiges zu bieten.«

»Soweit ich aus diesen Fragen schließen kann, bin ich weder hypochondrisch noch mysophob oder zwangsneurotisch. Aber all die anderen Antworten, was sagen sie über mich aus?«

»Sie deuten auf ein posttraumatisches Stresssyndrom hin.«

»Ha, das ist gut! Die Liebe ist ein Schlachtfeld!«

Er zieht eine Augenbraue hoch, und ohne dass er etwas sagt, beginne ich zu erzählen. Als ich endlich fertig bin, ist der Großteil der Sitzung vorbei, und seine Antwort ist direkter, als ich es von einem Psychiater zu hoffen gewagt hätte.

»Ich würde Ihnen raten, mindestens sechs Monate lang keinen Kontakt mit ihm zu haben. Reagieren Sie nicht, falls etwas von ihm kommt. Kein Kontakt! Sechs Monate lang!«

»Gut«, sage ich. »Okay. Aber was ist passiert?«

»Was passiert ist? Mit ihm?«

Er legt den Kopf in den Nacken, als balanciere er die Antwort auf meine Frage auf seiner Nasenspitze.

»Nun, in der Psychiatrie gibt es ein Phänomen, das bei Männern – seltener bei Frauen – auftritt. Es besteht darin, dass man all seine Hoffnungen und Sehnsüchte auf eine einzige Person projiziert, so intensiv, dass dieses Gefühl irgendwann einen Kurzschluss im Gehirn auslöst, was dazu führt, dass man sich innerhalb einer Minute um 180 Grad dreht. Es überrascht mich nicht, dass es in einem Flugzeug passiert ist.«

»Kommen sie … ich meine, erholen sie sich irgendwann davon?«

Sein Lächeln ist sehr liebevoll. »Das wurde bisher nie beobachtet.«

»Okay, klingt logisch.«

»Er ist ein sehr guter Schauspieler«, sagt er, und ich antworte instinktiv: »Danke.«

»Großartige Schauspieler«, fährt er fort, »sind so ausgebildet, dass sie blind ihren Instinkten folgen. Großartige Menschen dagegen denken über ihre Instinkte nach und reagieren nicht spontan darauf.«

Ich weiß nicht, warum ich es nicht ausspreche (Dr. R gegenüber hätte ich es getan), warum ich es nur im Kopf sage: Die meisten Leute wissen nicht, dass man, wenn man bereits einen

Selbstmordversuch überlebt hat, zuerst eine große Traurigkeit und dann eine gewaltige Angst verspürt: Was fängt mein Verstand jetzt damit an? Ich will nicht sterben. Ich *will* nicht sterben. Aber ich habe die rote Pille genommen und jetzt weiß ich nicht, was passieren wird. Wenn du nicht mal eine gewisse Kontrolle über deine eigenen Gedanken hast, über die Myriaden von Stimmen in deinem Kopf, weißt du nicht, wohin sie dich treiben könnten.

Ich sage nur: »Ich weiß natürlich, dass GH mir nichts schuldig ist, denn das würde implizieren, dass es auf der Welt gerecht zugeht. Dr. Rs Tod beweist das Gegenteil.«

Dr. K weint kurz, ganz diskret. Dann holt er einen Rezeptblock heraus.

»Ich werde die Strattera-Dosis verdoppeln und Ihnen auch Klonopin verschreiben, die Sie nach Bedarf nehmen können.«

Während er schreibt, fällt mir plötzlich etwas ein. »Entschuldigung, aber woher kannten Sie Dr. R?«

»Oh.« Er schaut mich an. »Wir waren Nachbarn.«

»Nachbarn? Wo?«

»Im selben Flur. In der East 94th Street.«

Ich falle aus allen Wolken.

»Herrje, tut mir leid. Das ist mir nie aufgefallen.«

Er schmunzelt. »Ich habe mich immer gefragt, was im Raum nebenan vor sich geht. Ich freue mich sehr, Sie kennenzulernen, denn Sie kommen von der anderen Seite.«

Nach der Sitzung geht Mum mit mir in eine Ausstellung des Fotografen Richard Avedon. Neben den Porträts steht ein Zitat von ihm: »Wir alle spielen eine Rolle. Das tun wir die ganze Zeit voreinander, absichtlich oder unabsichtlich. Auf diese Art erzählen wir von uns, in der Hoffnung, als das erkannt zu werden, was wir gerne wären.«

Ich bleibe vor seinem Foto von Janis stehen, als sie noch Kampfgeist hatte, die geballten Fäuste erhoben. Und vor Marilyn, in Pailletten, erschöpft. Wir stehen lange vor der Fotografie Nummer 40, Groucho Marx ungeschminkt und alt. Mum sagt, so sei er wirklich. Ich frage sie, warum. »Er strahlt so viel Tiefe, Traurigkeit und Würde aus.« Es kostet 45 000 Dollar, ich will es haben. Das Bild, aber auch die Eigenschaften.

Wir gehen zu *City Lights*, der Buchhandlung von Lawrence Ferlinghetti, die zum Treffpunkt avantgardistischer Autoren wurde, deren Werke er zum Teil verlegte. 1956 gab er Allen Ginsbergs *Das Geheul* heraus, was ihm eine Menge Scherereien einbrachte. Ich fühle mich wie im Himmel! Ich kaufe Bücher für GH, die ich unter mein Bett legen und ihm nie geben werde, aber sie sind da für ihn, unter einer Schicht von Staub und Katzenhaaren, mit meinem Schnarchen zugedeckt. Eines Tages werden sie mich mit einem anderen Mann im Bett hören. Aber es sind seine. Ich kaufe auch ein paar für Dr. R. Die liegen jetzt in meiner Schreibtischschublade, unter meinem Computer. Im *City Lights Bookstore* bekommt man echt jedes Buch. Dort fühle ich mich immer wie eine Suchtkranke, würde am liebsten auf die Knie fallen und die Bücher alle in mich einsaugen, statt sie zu lesen.

Mum und ich sind in der Tram auf dem Rückweg zum Hotel, als ich meinen BlackBerry einschalte. Eine Antwort von GH auf meine Nachricht, mit einer Woche Verspätung. Er schreibt, wie gut es ihm ginge. Und wie glücklich ich klänge. Ich reiche das Telefon an Mum weiter. Sie schüttelt den Kopf. »Klingt nach Pflichtbewusstsein und – ich weiß nicht – müde. Ich habe den Eindruck, er leidet an emotionalem Gedächtnisschwund.«

»Ich bin noch auf seiner Videokarte«, platzt es aus mir heraus, wie wenn jemand keinen Mord in der Bronx begangen haben könnte, weil er ein U-Bahn-Ticket mit einer Fahrt nach Brooklyn hat.

Mum gibt mir den BlackBerry zurück.

»Ich denke, du musst akzeptieren, dass es den GH, den du

gekannt hast, im Moment nicht gibt. Ich habe mit eigenen Augen gesehen, wie vernarrt er in dich war. Ich habe die Fotos. Ich habe die Briefe, in denen er mir schrieb, wie sehr er dich liebt. Ich habe die Gedichte. Das hier ist nicht der GH, den ich kenne. Diese neue Person kenne ich nicht. Emma – er hat sich gehäutet.«

Auch sie ist untröstlich. Sie muss etwas sagen, das mir mein Leben zurückgibt. Sie mobilisiert sämtliche Reserven. Ich sehe, wie schmerzlich es für sie ist, und das tut mir weh. Ich entspringe ihrer Freude und ihrem Schmerz, ich habe darin gelebt und ich lebe auch jetzt darin.

Ungläubig starre ich auf das Straßenschild, als wir durch eine Straße fahren, die seinen Namen trägt, und einen Block weiter kommt eine Straße mit dem Kosenamen, den er mir gab. Wir kreuzen uns. Er sagte, er danke jedem Stern einzeln dafür, dass wir auf demselben Himmelskörper leben. Aber hier sind wir auf der Erde, schmutzig, abgenutzt, auf einer von Menschenhand gebauten Fahrbahn für sich überkreuzende Träume.

Ich sage etwas über Dr. R, seinen plötzlichen Tod. Mum starrt mich entsetzt an.

»GH ist tot? Was?!«

»Dr. R!«

»Entschuldige, ich war in Gedanken gerade bei GH.« Sie macht eine kurze Pause. Ihre Miene hellt sich auf. »Mir ist gerade klar geworden, dass ich GH umbringen könnte.«

Sie steckt sich ein Mini-Snickers in den Mund.

Ich schaue aus dem Fenster. Es ist eine herrliche Stadt, und ich hatte eine gute Zeit hier. Ich dachte, ich würde nie, nie zurückkommen. Ich dachte, ich würde den Namen dieser Stadt nie wieder aussprechen, ganz zu schweigen davon, ihr zu erlauben, meinen auszusprechen. Die Zeit heilt alle Wunden. Und wenn nicht, gibst du deinen Wunden einfach einen anderen Namen und lässt sie bei dir bleiben.

## 36. Kapitel

Ich überrede Mum, diese Woche mit mir zum Sabbat-Gottesdienst zu kommen. Ich will, dass sie Rabbi Wolpes Predigt hört. Diesmal übertrifft er sich wieder einmal selbst.

*»Kennt ihr die chassidische Geschichte von Rabbi Bunem von Przysucha, einem berühmten chassidischen Meister, der eines Tages mit einigen seiner Schüler spazieren ging, als er auf eine Gruppe von Chassidim zeigte und sagte: ›Seht ihr die Chassidim dort drüben? Sie sind tot.‹ Und die Studenten fragten: ›Was soll das heißen: Sie sind tot?‹ Der Meister wiederholte nur: ›Sie sind tot‹, und seine Schüler fragten erneut: ›Woher wollt Ihr wissen, dass sie tot sind? Sie sind auf den Beinen und gehen spazieren!‹ Und der Meister sagte: ›Sie sind tot, weil sie aufgehört haben, Fragen zu stellen.‹ Sie gingen noch ein Stück weiter, und einer seiner Schüler wandte sich erneut an ihn: ›Rabbi, woher wissen wir, dass wir nicht auch tot sind?‹ Und der Meister antwortete: ›Weil ihr noch Fragen stellt.‹«*

Ich schaue zu Mum.

*»Warum ich heute über das Thema ›Fragen‹ spreche? Nun, ich habe mir eine brandneue Frage gestellt, nicht über das Leben, obgleich sie sich in eine solche verwandelte … Als ich diese Woche die Parascha las, war es natürlich derselbe Abschnitt, den wir jedes Jahr um diese Zeit in der Thora lesen, und ich weiß nicht, wie oft ich ihn schon gelesen habe, doch diese Frage hatte ich mir noch nie gestellt. Es ist die Stelle, wo Jakob mit einem Engel ringt, und während er mit dem Engel kämpft, bricht der Morgen an, und er sagt: ›Ich lasse dich erst los, wenn du mich segnest … wenn du mich segnest.‹ Und der Engel sagt zu ihm: ›Dein Name wird nicht länger Jakob sein, sondern fortan Israel, der Gottesstreiter,*

*derweil du mit Menschen und mit Engeln gekämpft und überlebt hast.‹ Nun habe ich diese Stelle wahrlich schon viele Male gelesen, doch erst diese Woche fiel mir auf, dass der Engel ihm nicht seinen Segen gab!«*

Mum verzieht das Gesicht wie immer, wenn sie nachdenkt.

*»Der Engel sagte nicht: ›Mögest du Kinder haben, mögest du zu Wohlstand kommen, mögen dir Gesundheit und Glück beschieden sein‹, und doch lässt Jakob ihn ziehen! Also wusste ich, so unvermeidbar wie Anlass zu einer guten Frage muss es auch eine Antwort geben, die zu uns spricht, zu unseren Herzen, unseren Seelen, die etwas zu bedeuten hat. Warum lässt Jakob den Engel ziehen?«*

An diesem Punkt kommen mir die Tränen. Mum dreht sich zu mir, und ich tupfe mir mit dem Zeigefinger die Tränen an jedem Auge ab.

*»Und mir wurde klar, dass Jakob in den Worten des Engels einen Segen gesehen haben muss, und dem war auch so, und das gilt auch für uns. Was der Engel Jakob gab, war der Segen der Selbst-Verwandlung. Du musst fortan nicht mehr Jakob sein. Du hast gerungen. Und jetzt kannst du dich verwandeln.«*

Meine Tränen sind inzwischen richtige Geschoße (recht biblisch, wie ich finde).

*»Es bedeutet nicht, dass Anteile des früheren Jakob nicht auch an euch haften bleiben, das werden sie euer ganzes Leben lang, aber nun werden sie zusammengefasst zu etwas Größerem. Denn der Engel gab ihm in der Tat den bedeutendsten aller Segen – den Segen, dem alle anderen Segnungen entströmen – nämlich den Segen, seine Seele in etwas Größeres, in etwas Schöneres zu verwandeln, in etwas, das mehr Nähe zu Gott hat, mehr Nähe zu dem, was er ursprünglich sein sollte …«*

Ich bekomme keine Luft mehr und warte darauf, dass Sauerstoffmasken von der Decke der Synagoge fallen.

*»… deshalb kann Jakob am nächsten Tag hingehen und Esau,*

*seinen Zwillingsbruder, treffen, und mit ihm Frieden schließen. Als ich das las, wurde mir bewusst, wie ungeheuer wichtig und in mancher Hinsicht auch gegenkulturell das war. Man kann keine Zeitschrift aufschlagen und keine Zeitung lesen, ohne zu erfahren, wie sehr man von seinen Genen determiniert ist, von seiner Umgebung, seinen Altersgenossen, seinen Eltern; wir alle sind überprogrammiert, von allen möglichen Faktoren, welche die Möglichkeit ausschließen, dass man sich selbst verwandeln kann. Nun können wir uns natürlich sagen, nun ja, kein Wunder, dass Jakob sich gewandelt hat, aber er hatte ja das Glück, auf einen Engel zu treffen. Aber ich will euch daran erinnern, dass die Bibel sagt: ›Jakob war ganz allein … und ein Mann rang mit ihm, bis der Morgen anbrach.‹ Wenn Jakob also allein war, wer rang dann mit ihm? Wollt ihr es einen Engel nennen? Das mag ja okay sein, aber für mich klingt es weniger nach einem Engel mit Flügeln als vielmehr nach den ›Engeln unserer besseren Natur‹, von denen Lincoln in seiner Antrittsrede sprach. In anderen Worten: Es war ein Kampf mit sich selbst. Und das Ergebnis dieses Kampfes? Wut, Verbitterung, Groll, Neid oder aber Transformation, hehre Ziele, Hoffnung, Anstand … der Ausgang dieses Kampfes bestimmt die Qualität unseres Lebens und die Natur unserer Seele.«*

Ich war nun ganz in Tränen aufgelöst, als wäre es eine neue Struktur, von mir erfunden, die ich für den Rest meines Lebens modellieren würde.

*»Das beschreibt, was wir im weitesten Sinne als religiöse Weltsicht bezeichnen können, es ist eine anti-deterministische Weltsicht, es ist der Glaube, dass zwar vieles auf dieser Welt vorherbestimmt sein mag, was aber letztlich nicht vorherbestimmt ist, ist die Einstellung unserer Seele zu dem, was man besitzt und woran es einem mangelt. Ihr wisst, dass wir an der Schwelle zu einer Zeit stehen, in der die Menschen viel darüber reden, woran es ihnen mangelt, was sie nicht haben, was sie einst hatten und ihnen genommen wurde, und das ist immer sehr schmerzhaft … aber es*

*ist zugleich auch eine Chance. Man weiß nicht, was Verlust bedeutet, wenn man noch nie etwas verloren hat, und man kann nicht wissen, wie man wirklich zu den materiellen Gütern dieser Welt steht, solange man in ihnen schwimmt. Dies ist, wenn man so will, gerade eine schreckliche Zeit für viele Menschen, und wie alle schrecklichen Zeiten ist es zugleich auch eine spirituelle Chance. Ich habe es bereits gesagt und werde es zweifellos noch öfter sagen: Ihr, die ihr in dieser Gemeinschaft sitzt, gehört zu den neunundneunzig Komma noch was Prozent der glücklichsten Menschen, die jemals gelebt haben. Und das gilt auch dann, wenn euer Rentenvorsorgeplan in die Hose gehen sollte!«*

Die 31 Geschmackssorten von Schmerz.

*»Und die Haltung, die ihr gegenüber eurem Glück einnehmt, ist das, was den Grad der Helligkeit eurer Seele bestimmt. Es gibt niemanden hier, der so viel verloren hat, dass er nichts geben könnte. Niemanden! Und nicht nur das, sondern es ist auch niemand hier, dessen Seele nicht erhoben würde, wenn er großzügig gibt, denn das ist ein erster Schritt hin zur Selbsttransformation.*

*Ihr wisst, dass wir am Lichterfest die Chanukkia aufstellen, und wohin? Ins Fenster. Weil unsere Tradition uns lehrt, ›Pirsumei nisa‹ zu praktizieren, nämlich das Wunder öffentlich zu machen, und das kann man auf mindestens zwei Arten verstehen. Die eine ist, dass ihr von einem Wunder kündet, das sich vor über tausend Jahren in einem Tempel zutrug, den es nicht mehr gibt, dass es G-tt, dem Schöpfer des Universums, gelang, ein Öl zu erschaffen, das für mehrere Nächte ausreicht. Nun, auf der Skala der Wunder G-ttes, wenn man erstmal die Welt erschaffen hat, klingt das nicht wirklich sehr beeindruckend … es klingt eher nach einfallsreicher Hausfrau, nicht wahr? Alles, was sie hat, ist ein Nudel-Fertiggericht, und das müsste ihr eine ganze Woche lang reichen. Doch wenn ihr oder ich es zubereiten würden, bekämen wir nur eine einzige Mahlzeit hin. Doch es gibt noch ein weiteres Wunder, nämlich das, dass der Tempel vor Tausenden von*

*Jahren zerstört wurde, was bedeutete, dass die Menschen, die in jenem Tempel lebten, in Dunkelheit wohnten, und doch stellen wir im Jahr 2008 eine Chanukkia in unsere Fenster. Im Buch der Sprüche steht, dass die Seele eines Menschen eine Kerze Gottes ist. Es geht allein darum, sich selbst zu verwandeln, unser Licht zu erneuern und sich bewusst zu sein, dass, wenn euer Licht leuchtet, es nicht nur für euch selbst leuchtet, sondern dass ihr wirklich einen Unterschied auf der Welt bewirken könnt, wenn ihr die Chanukkia ins Fenster stellt, damit auch eure Mitmenschen das Licht sehen können. Ich hoffe, dass ihr in der kommenden Jahreszeit, so dunkel sie auch sein mag, ein Licht sein werdet und dieses Licht mit anderen teilt. Sabbat Shalom.«*

# 37. Kapitel

Ich gehe runter in den Country Store und kaufe mir zum ersten Mal seit langem einen Kaffee. Spike fragt sofort: »Wie geht's GH?«, und ich hole tief Luft.

»Gut.«

»Der Kerl ist so was von verliebt in dich. Lilly und ich sind seit zwanzig Jahren zusammen, und wir haben neulich gesagt, dass man echt selten eine solche Energie zwischen zwei Menschen sieht wie zwischen euch.«

Ich räuspere mich. Dann rücke ich mit der Wahrheit heraus.

Mum und ich gehen zum legendären House of Blues Gospel Brunch. Wir essen alles, von Shrimps-Jambalaya bis zu Schoko-Bananen-Brotpudding. Die Gospelsängerin auf der Bühne singt strahlend: »There ain't no party like a Holy Ghost Party!«, und wir glauben ihr aufs Wort.

Sie heißt Sunshine und hat unglaublich lange Fingernägel, die sich schon einrollen, und sie schnipst damit, als sie *This Little Light of Mine* singt.

Kein Mensch würde glauben, wie viel meine Mutter und ich an diesem Morgen getanzt haben. Wir tanzten bis zum Umfallen. Beim Hinausgehen bleibt Mum kurz stehen und packt noch ein paar frittierte Apfelscheiben in ihre Handtasche. »Dann geh halt nicht mit einer älteren jüdischen Dame zu einem Büffet!«, blafft sie, als ich die Augen verdrehe.

An diesem Abend schauen wir uns *Slumdog Millionaire* an, von dem alle schwärmen. Beim Abspann sieht Mum mich an, nimmt ihre Brille ab und sagt: »Deinetwegen hab ich mir nun einen Film über Scheiße angeschaut.«

Nach dem Aufwachen spielen wir Tarot, was eine Marotte

von uns geworden ist. Mum zieht eine Karte, auf der ein barockes Bild von einem blonden Mann mit einer goldenen Schale zu sehen ist. Sie betrachtet ihn eingehend. »Ich fände es schrecklich, wenn ich runterginge und keinen Kaffee bekäme, sondern dieser Typ hier sagen würde: ›Ich habe Ihnen diese Schale gebracht.‹«

Sie bringt mich mehr zum Lachen als jeder andere, den ich kenne. Und als Nächstes sagt sie: »Vorhin, als ich aufwachte, war ich schrecklich traurig, weil du so viel weinst.«

Sie hat ihre Kontaktlinsen noch nicht drin und trägt ihre Brille, mit der sie wie eine kleine Wühlmaus aussieht.

»Schon okay, Mum, ich habe mich daran gewöhnt.«

Nach ihrer Abreise beschließe ich, dass ich nicht dauernd nach San Francisco reisen kann, deshalb vereinbare ich einen Termin mit dem Psychiater in Beverly Hills, den Dr. K mir empfohlen hat. Ich ärgere mich, dass ich hingehe. Ich schreibe mir nicht mal seinen Namen auf, nur seine Apartmentnummer. Das Wartezimmer sieht aus wie ein Gehirn. Er selbst sieht aus wie Jim Carrey, immer wenn er eine ernsthafte Rolle spielt und keinen Oscar bekommt.

Ich erzähle ihm sofort, wie schlimm Dr. Rs Verlust für mich ist, und dass ich erst merkte, dass etwas nicht stimmte, als ich anrief, um einen Termin zu vereinbaren, und mir sein Anrufbeantworter sagte, das Büro sei geschlossen. Erst als ich die E-Mail seines Schwagers las, erfuhr ich von Dr. Rs Tod.

»Wie schrecklich! Das ist *nicht* okay.«

Ich bin schockiert. Es klingt, als sei er auf einen Hund böse.

Ich habe mich daran gewöhnt, GH in Schutz zu nehmen, und nehme nun auch Dr. R in Schutz.

»Na ja, aber es muss einem ja erlaubt sein, zu sterben, wenn man sterben will. Auch wenn es zur Folge hat, dass die Patienten im Dunkeln tappen.«

Er widerspricht vehement.

Dann erzähle ich ihm von GH.

»Wie entsetzlich!«

Ich hoffe plötzlich, dass er schnell entsetzt ist. Ich heule zwar schon seit Monaten wegen GH, merke aber plötzlich, dass ich nicht recht haben will. Ich will, dass er mir sagt, meine Reaktion sei unangemessen. Weil ich verrückt bin. Vielleicht bin ich auch krank. Vielleicht nehme ich die falschen Medikamente.

Ich erzähle ihm von den einunddreißig Geschmacksrichtungen, die Baskin-Robbins im Angebot hat, und die es auch auf der Skala des Leidens gibt, und dass das, was ich durchmache, im Großen und Ganzen völlig in Ordnung ist.

»Es ist nur so, dass wir so viele Pläne hatten, die er ständig vorangetrieben hat. Er redete dauernd von Orten, an die wir reisen wollten, von Kindern, die wir haben wollten …«

»Es ist normal, dass ihr Pläne hattet, völlig klar. Wären Sie siebzehn gewesen oder vielleicht auch zweiundzwanzig, hätte ich Ihnen geraten, die Sache etwas langsamer anzugehen. Aber nicht mit zweiunddreißig! Deshalb tut es auch so weh. Weil die Pläne so angemessen waren.«

Ich denke an das, was Dr. R sicher noch alles mit Barbara geplant hatte.

»Na ja, ich weiß nicht, ob er es ernst gemeint hat, ob es real war, und das treibt mich fast wieder in den Wahnsinn.«

»Natürlich war es real. Es war ein reales, *einseitiges* Bild. Doch weil er die Beziehung so abrupt beendet hat, müssen Sie die Dinge, die Sie im Laufe der Zeit über ihn erfahren hätten, nun durch diese überraschende Trennung lernen. Sie haben gelernt, dass er einen verzweifelten Wunsch nach Intimität hat und gleich darauf den verzweifelten Wunsch, sich komplett einzuigeln, sich in eine Höhle zurückzuziehen. Irgendwann wird er sich dort einsam fühlen und zurückkehren.«

»Zu mir?«

Er muss nicht lange überlegen. »Zu einer anderen.«

»Und ich muss ihn zusammen mit dieser anderen Frau sehen?«

»Sie müssen Kassandra sein und wissen, was diese andere erwartet.«

Ich frage, ob ich ihm ein Foto zeigen darf, auf dem wir beide zu sehen sind. Mir ist eingefallen, dass dieser Doktor, der Verrückte behandelt, mich nie zuvor gesehen hat und nichts von mir weiß. Vielleicht denkt er, ich habe alles nur erfunden.

Er betrachtet die Fotos. »Ihr wirkt sehr glücklich.«

Ich runzle die Stirn. »Das waren wir auch.«

Als er mir die Fotos zurückgibt, sage ich: »Ich will ja nur, dass mir die beiden Männer alles erklären. Ich will wissen, wie zwei Menschen, die ich so sehr geliebt habe, gestorben sind, und ich nicht einmal *ahnen* konnte, dass sie krank sind.«

Er verschränkt die Hände vor den Knien.

»O ja, eine Erklärung stünde Ihnen absolut zu, aber Sie werden keine bekommen.«

Nach der Sitzung gehe ich in ein Kaufhaus und kaufe mir einen roten Lippenstift, den ich nicht brauche – jeder rote Lippenstift ist ein roter Lippenstift, ich brauche keinen roten Lippenstift. Der Mann hinter der NARS-Verkaufstheke berät mich. Er hat eine dunkle Haut, helles Haar und helle Augen, und irgendwie erinnert er mich an Christopher, als wir uns kennenlernten, aber er ist super-gay. Er versucht, einen Farbton zu finden, der zu meiner Haut passt, aber es fällt ihm nicht leicht. »Im Moment ist es schwer zu sagen, was zu mir passt, weil ich so viel weine.«

»Ein Mann?«

Ich nicke.

Er wedelt mit seinem Lippenstiftpinsel vor meinem Gesicht herum. »Schluss damit! Honey, Sie sind zu schön für Tränen!«

»Haben Sie es noch nicht gehört? Ich bin unglaublich hässlich. Steht im Internet.«

Ich winke ihm zum Abschied zu und tänzle wieder auf die Straße, vermutlich auf direktem Weg in meine Manie. Ich tanze um das Stoppschild herum und gehe und gehe, was in Los Angeles eigentlich kein Mensch tut. Plötzlich merke ich: Ich mache den Leuten Angst. Was für ein Segen, selber mal keine Angst zu haben.

Wenn ich jetzt an den Abend zurückdenke, an dem ich GH kennenlernte, wird mir klar, dass er sich damals schon verabschiedet hat. Ich begreife, dass Dr. R mich von der ersten Sitzung an auf das Ende vorbereitet hat, wenn auch nicht auf seinen Tod. Der Unterschied liegt darin, dass ich blutend zum Termin bei Dr. R kam, GH aber geheilt gegenübertrat.

## 38. Kapitel

Ich lasse mich auf ein Blind Date mit einem netten jüdischen Mann ein. Gleich beim Kennenlernen sagt er: »Ich kenne deine Geschichte. Hoffentlich macht es dir nichts aus, dass ich das sage.« Er holt mich ab, geht mit mir ins Kino, anschließend zum Abendessen, und besteht darauf, alles zu bezahlen. Als er mich küsst, fange ich an zu weinen. Ich erkläre ihm, dass es nicht daran liegt, dass ich mir wünschte, er wäre ein anderer, sondern weil es so ein Schock für mein System ist, begehrt zu werden, nachdem ich mich so einsam und verlassen fühlte.

Wir schauen uns *Das Bildnis des Dorian Gray* an, mit Angela Lansbury. Im Film macht Dorian ihr den Hof, bis sie mit ihm schläft, und hinterher teilt er ihr in einem Brief mit, dass sie nie wieder ein Teil seines Lebens sein wird. Daraufhin begeht sie Selbstmord.

Der Mann, mit dem ich mir den alten Film anschaue, ist Kantor – ein verdammter Kantor – wie absurd! Aber eigentlich nicht mehr oder weniger absurd als ein Filmstar. Beide arbeiten im Reich der projizierten Träume. Die Menora ist genau wie wahres Kino, ein Objekt von absoluter Schönheit. Beide sind nicht funktional. Sie sind nur da, um bewundert zu werden. Auch wenn man im Schein der Sabbat-Lichter lesen kann. Ich denke an GH. Ich spreche ein Gebet für ihn und lasse mich vom Kantor nach Hause fahren.

Im Auto spielt er die Coverversion der White Stripes von Bob Dylans *One More Cup of Coffee*. Er spielt eine Coverversion meines Gypsy-Husband-Songs, und alles ist wieder in Ordnung.

Er ist nicht *er*. Aber er ist immerhin nett zu mir.

Als ich nach Hause komme, grüble ich darüber nach, wie ich meinen Selbstmordbrief von GH zurückbekommen könnte. Ein Brief oder eine Notiz? Es sind nur acht Zeilen. Eine Novelle oder sogar eine Kurzgeschichte, abgesehen davon, dass es keinen Anfang, keine Mitte und kein Ende hat; es ist eine Absichtserklärung.

Ich habe meine Kleider von seinen Bügeln genommen, meine Schuhe aus seinem Schrank, meine Unterwäsche aus seinen Schubladen. Meine Magimix-Küchenmaschine, meine Kuchenplatte, meine Halskette mit dem Davidstern habe ich noch nicht zurückgeholt. Ich will keines der Gedichte, die ich für ihn schrieb, zurückhaben, aber am liebsten alle Gedichte zurücknehmen, die er über mich schrieb. Ich wünschte, wir hätten nicht zusammen gebetet, auf den Knien, in meinem Garten um sieben Uhr morgens. Ich wünschte, ich hätte ihn nie getroffen, weil er mich so glücklich gemacht hat.

Mum sagt etwas, über das ich mich schrecklich ärgere, und für ein paar Tage herrscht Funkstille. »Ich habe gestern Abend ein Stück über GH gesehen«, sagt sie, als sie anruft. Ihre Stimme klingt angespannt und rauh.

»Was für ein Stück?«

Sie holt tief Luft. »*Hamlet*.«

Ich schweige.

Sie fährt fort: »Ich habe noch *nie* bei *Hamlet* geheult.«

Ich schreibe ihm immer noch alle paar Wochen; Sachen, die nicht mal passiv-aggressiv sind, einfach nur exzentrisch und willkürlich, zum Beispiel was ich zu Abend gegessen und neulich im Kino gesehen habe. Ich schenke ihm ein Abo für die Sonntagszeitung. Ich will dir vor Augen führen, dass du einen Fehler gemacht hast! Indem ich veranlasse, dass du gratis die *New York Times* ins Haus bekommst. Die Trennlinie zwischen Herzschmerz und Performance Art kann hauchdünn sein.

GH wird nie, niemals auf meine SMS antworten. Da ist die

Wahrscheinlichkeit, dass Dr. R es tut, größer. Aber ich schicke sie ihm trotzdem. Meine Katzen kommen zu mir, weil ich sie füttere. Das ist in ihrem System verankert – ich verwöhne sie schon so lange. Ich glaube, wenn ich ihnen plötzlich kein Futter mehr hinstellen würde, kämen sie trotzdem zu mir, aus Gewohnheit.

Manchmal habe ich das Gefühl, die SMS, die ich schicke, sind wie die kleinen Gebetszettel, die man in die Ritzen der Klagemauer steckt. Wenn Dr. R mich nicht hören kann und GH sich taub stellt, vielleicht kann G-tt mich dann hören? Ich bin voller Hoffnung – bestimmt kann ich ihn mit Worten wieder zum Leben erwecken, G-tt oder Dr. R oder GH. Ich habe so viel Hoffnung. Bis ich auf SENDEN drücke. Dann verlässt mich aller Glaube.

Am Ende der Woche schickt Mum mir einen lieben Brief aus London.

*Emma, es ist bestimmt schon besser. Du kannst das Ganze bald hinter dir lassen. Du hast deinen Filmstar gehabt. Er hat sein smartes, lustiges, sensibles Mädchen aus so etwas wie der realen Welt gehabt. Du wirst jemanden finden, der mehr geerdet ist. Er wird jemanden finden, der tougher ist. Wirst schon sehen!*

Als ich ihren Brief lese, beschließe ich, den Verlust von GH und Dr. Rs Tod nicht länger wie ein Bild in meinem Portemonnaie mit mir herumzutragen und es den ganzen Tag anzuschauen, sondern es in ein Fotoalbum zu kleben, das man nur bei besonderen Gelegenheiten aufschlägt.

17. Mai 2008

Ich werde das Bild meines geliebten ältesten Bruders nie vergessen, wie er am Horizont auf seinem Surfbrett auf Gardiners Island zuhält. Athletisch und mit perfekter Balance gleitet er mühelos zwischen Brandung und Himmel hin und her. Als er vom Meer zurückkehrt, sieht man sein breites Lächeln und seine Ausstrahlung, die uns alle wärmt, wenn er einen ansieht, und die so ansteckend wirkt. Er hat die Welt zu einem besseren, glücklicheren und sichereren Ort gemacht. Er hat Wärme, Humor und Optimismus verbreitet. Er hat sehr vielen Menschen geholfen, Patienten und anderen Personen, indem er ihnen seine Menschlichkeit schenkte und keinen Zweifel daran ließ, dass er Verständnis für sie hatte.

Er hat Sam und Andy über alle Maßen geliebt. Nicht jeder von uns ist mit einem langen Leben gesegnet, doch seine Söhne sind sein Vermächtnis, und er war mächtig stolz auf sie. Bis zuletzt hat er mit aller Kraft dafür gekämpft, noch etwas mehr Zeit mit seiner Familie verbringen zu können.

A (POTOMAC FALLS, VA)

# 39. Kapitel

Ich nehme mit einem anderen Patienten Kontakt auf, der ebenfalls sehr an ihm hing. Wir finden uns auf Facebook, und nachdem wir unsere Erinnerungen ausgetauscht haben, gestehe ich ihm, dass ein Teil von mir immer noch sauer ist, weil Dr. R uns nicht vorgewarnt hat, dass er sterben würde. Und auch, weil ich immer noch nicht weiß, was genau geschehen ist. Er war immer für mich da. Und dann verschwand er und hinterließ nur diese mysteriöse Ansage auf dem AB. Ich brachte es nicht über mich, Barbara mit meinen Fragen zu belästigen. Mein neuer Facebook-Kontakt rät mir, zu Dorothy Rick zu gehen, einer Kollegin von Dr. R.

Dorothy gibt mir einen Termin, und ich fliege wieder einmal nach New York. Ihr Büro ist sehr groß und schön eingerichtet. Sie selbst ist auch schön und winzig. Sie sieht wie ein altkluges kleines Mädchen aus, als sie auf ihrem Ledersessel sitzt. Und ich frage sie, warum, warum hat er mich nicht vorgewarnt?

»Weil er sich selbst weigerte, es zu akzeptieren. Ich habe ihn eine Woche vor seinem Tod im Krankenhaus besucht …«

»In welchem Krankenhaus?«

»Im Columbia.« Sie reicht mir vorbeugend ein Taschentuch. »Er hat sich aufgesetzt, war aber sehr schwach. Er hatte eine schlimme Zeit hinter sich, und Barbara brauchte eine Pause, aber niemand dachte, dass das schon das Ende wäre.«

Ich zerknülle das Taschentuch, ohne es zu benutzen.

»Wann genau bekam er die Diagnose?«

»Im August 2007. Er rief mich an und sagte: ›Es gibt eine Neuigkeit, leider keine gute, aber ich werd's schon schaffen.‹ Es war Stadium 3.«

»Bedeutet?«

»In beiden Lungen.«

»Hat er geraucht?«

»Nein. Er ging davon aus, dass er operiert werden könnte, sobald der Krebs durch Chemotherapie und Bestrahlungen geschrumpft wäre. Und das war auch so.«

»Wann?«

»Im Februar. Die Ärzte waren sehr zuversichtlich. Sie sagten, die Chemo hätte geholfen, und nach der OP ging es ihm tatsächlich sehr gut. Er war richtig guter Dinge.«

Sie streicht sich die Haare aus dem Gesicht. Ich bin froh. Ich will alles sehen.

»Einen Monat nach der OP wurde eine CT gemacht, und dabei wurde etwas entdeckt. Das war schlecht. Doch er ist dann zu einem der Top-Onkologen gegangen, der ihm sagte, sie könnten es mit einer neuen medizinischen Leitlinie versuchen.«

»Was genau?«

»Eine atypische Behandlungsmethode. Dafür musste er aber ins Krankenhaus. Und dort bekam er eine Lungenentzündung. Er hat aber noch praktiziert bis zwei Wochen, bevor er ins Krankenhaus ging.«

Himmel, das war damals, als ich die ganze Sitzung damit verplempert habe, ihm von dem blöden Hewz Van und den verdammten Abba-Zaba-Riegeln zu erzählen. Während er kaum noch Luft bekam! Und ich habe nur Blödsinn gequasselt, weil ich ihn an jenem Tag gar nicht wirklich brauchte!

»Emma, wir haben geredet, und er klang geschwächt und sehr krank, aber immer noch voller Zuversicht. Es traf ja auch alles zu. Er hat mich ausdrücklich gebeten, den Patienten, die wir beide hatten, nichts zu sagen.«

»Also starb er an …?«

»An der Lungenentzündung. Barbara sagte, niemand hätte damit gerechnet, dass er stirbt. Seine Zellenart war heilbar.« Sie seufzt. »Er dachte nicht, dass er sterben würde, insofern war er also ehrlich. Ich sage es Ihnen ganz deutlich: Er hat Sie nicht hintergangen.«

Da erst muss ich weinen. Ich streiche das Taschentuch glatt und schniefe hinein. Sie wartet, bis ich mich wieder einigermaßen beruhigt habe und sie fragen kann, wie sie Dr. Rs Therapiemethode genau definieren würde.

»Es ging ihm um ›harm reduction‹, also Schadensminimierung. Das ist eine neue Denkweise der letzten fünf bis zehn Jahre, und es geht darum, Menschen dazu zu bringen, sich von ihren Traumata zu erholen. Bei der traditionellen Psychiatrie geht es um ›tabula rasa‹, was leerer Bildschirm bedeutet. Doch die Psychiatrie hat sich in der Zwischenzeit weiterentwickelt. Wir fingen alle zur gleichen Zeit an zu lernen und zu praktizieren und merkten, dass diese Mauer gefallen war. Menschlichkeit ist der zentrale Punkt. Und wie Dr. R bewiesen hat, ist ein Mensch am ehesten in seiner Kraft, wenn er zutiefst human ist.«

Dann bittet sie mich, ein bisschen von mir zu erzählen, von meinen Problemen. Ich erzähle also, zum etwa fünfzigsten Mal, die Geschichte von GH und seiner 180-Grad-Drehung, und dass ich es mir einfach nicht erklären kann.

»Sie werden keine Erklärung finden. Denn es gibt keine. Die Antwort sind Sie selbst. Und diese Antwort lautet, dass Sie sich nicht mehr selbst verletzen, was immer auch passiert.«

Sie ist gut, sehr gut. Ihre Denkweise erinnert mich in vielem an *ihn*.

»Was würde Dr. R sagen?«, frage ich sie.

Sie grinst.

»Moment, ich muss mich zuerst in ihn hineinversetzen, sozusagen den Dr.-R-Hut aufsetzen.«

»Wie sieht ein Dr.-R-Hut aus?«

Ist es eine Baseballkappe? War sie vielleicht die ganze Zeit da, und gehörte sie mit zu den anderen Dingen, die ich nicht bemerkt habe, weil ich nicht ahnte, was passieren würde? Stand *Yankees* oder *Mets* darauf? (Anmerkung für mich selbst: Barbara fragen, ob er Fan der Yankees oder der Mets war.)

Dorothy hält eine Hand hoch. »Sein Hut? Der gesunde Menschenverstand. Darauf würde stehen: Vergessen Sie diesen Mann! Gehen Sie weiter!«

Ich wollte fragen, wie? Auf welche Art und Weise würde er wollen, dass ich weitergehe? In meiner Schulzeit hatte U2 mit *Mysterious Ways* einen großen Hit, und weil es darin um mysteriöse Arten, sich zu bewegen, ging, dachte ich mir alle möglichen geheimnisvollen Möglichkeiten aus, mich zu bewegen. (Einmal ging ich mitten im Unterricht aus dem Chemiesaal zur Toilette und bewegte mich auf höchst »mysteriöse« Weise dorthin.) Wie könnte er wollen, dass ich GH verlasse?

Es ist, als könnte sie all diese Fragen unter meiner Haut wirbeln sehen.

»Warten Sie, ich hab's: Sie sind Autorin und er hat ein interessantes psychologisches Profil, aber ich weiß nicht, inwiefern Ihnen das guttut, meine Liebe.«

»Glauben Sie, er meinte es ernst, als er die ganze Zeit sagte, wir sollten eine Familie gründen?«

»Ich glaube, dass *er* alles glaubte, was er zu Ihnen gesagt hat.«

Dann schüttelt sie den Kopf und sagt etwas sehr Merkwürdiges.

»Es ist doch nur ein Film.«

»Wie bitte?«

»Es ist nicht real. Sie brauchen sich nicht so verletzt zu fühlen, wie Sie es tun. Es war nur ein Film.«

Ich liebe diese Frau. Ich frage sie, ob ich wieder zu ihr kommen kann, wenn ich das nächste Mal in New York bin. Wir vereinbaren, dass wir eine reguläre Sitzung machen werden, wenn ich wieder hier bin.

Auf dem Weg zur Tür fällt mir noch etwas ein, und ich frage sie, woher sie Dr. R kannte.

»Oh«, antwortet sie, »ich war seine Supervisorin.«

# 40. Kapitel

Im Dezember verbringe ich Weihnachten und meinen Geburtstag in Istanbul, genau wie GH es für uns geplant hatte. Aber ich gehe ohne ihn. Nach der amorphen Zerstreutheit der Enttäuschung ist es herrlich, an einem Ort zu sein, der voller »Ja«- und »Nein«-Antworten ist. Das »Ja« und »Nein« des Islam. Der Gebetsruf des Muezzins, der jeden Morgen durch die Stadt schallt. Dann die Tanzmusik, die einen nachts wach hält. Die Architektur voller Vierecke, Würfel und Kugeln. Mein absoluter Favorit ist die Hagia Sophia – die byzantinische Kirche mit den vier Minaretten, die nachträglich hinzugefügt wurden.

Ich wohne in einem billigen Hotel, in dem die Zimmer keine Nummern haben, sondern jedes nach einem anderen türkischen Liebesgedicht benannt ist, esse jeden Abend Baklava und trinke Kaffee aus winzigen Tassen.

Ich fühle mich so viel mutiger in Istanbul.

In meinem spartanisch eingerichteten Zimmer gibt es nur ein Einzelbett, aber von meinem Fenster aus kann ich das Marmarameer bewundern. Schatten tanzen im Mondschein; oberhalb der horizontalen Wasserlinie erhebt sich ein fortlaufender horizontaler Streifen von Stadtmauern, zwischen denen blasse, rote Dächer und Moscheen aufragen. Es hätte ein Reinfall werden können, da dieser Trip seine Idee gewesen war. Doch es ist kein Reinfall.

Le Corbusier sagte: »Alles führt mich dazu, die Türken hervorzuheben. Sie waren höflich, ernst, hatten Respekt für die Präsenz der Dinge. Ihre Werke sind gewaltig und wunderschön und grandios.«

Nur in der Stadt kann man gewaltige Gefühle empfinden. In

Kalifornien hatte ich die Weite der Natur direkt vor der Haustür; und der endlose Himmel, die Berge, die vielen Bäume haben zweifellos dazu beigetragen, dass ich durchkam. Doch diese Stadt mit ihrer von Menschenhand erschaffenen Pracht hat etwas, das ich beruhigend finde, das mir Halt gibt. Alles ist möglich, man kann alles erreichen. Ich muss es nur wollen.

Als ich durch die Straßen gehe, sehe ich überall streunende Katzen mit traurigen Augen, die vor dem Regen Schutz suchen. Sie sehen aus wie eine vollgedröhnte Edie Sedgwick – das Idol der Pop- und Subkultur der sechziger Jahre und Andy Warhols Muse, ehe sie viel zu früh verstarb – mit zerzaustem, bunt geflecktem Fell. Im ersten Geschäft gibt es kein Katzenfutter, deshalb kaufe ich Salami, lasse sie kleinschneiden und verbringe meinen Geburtstag mit Katzenfüttern. Mir schwant, dass ich eine Psychopathin bin, weil ich mehr an Tieren als an Menschen hänge, aber es gibt keine obdachlosen Menschen hier, nicht mal Hunde. Nur obdachlose Katzen.

Bald beginnt es gnadenlos zu schneien. Am Freitag zünde ich in meinem kleinen Hotelzimmer Sabbat-Kerzen an. Die Türkei ist nach wie vor das einzig wirklich gemäßigte islamische Land, und darauf sind sie ungeheuer stolz. Nach meiner Irrationalität der letzten Monate ist es eine Freude, an einem Ort zu sein, wo die Leute verfassungsrechtlich zur Vernunft *verpflichtet* sind, auch wenn die Länder um sie herum halb verrückt sind.

Ich besichtige die Blaue Moschee, die letzte große Moschee aus der klassischen Periode, die byzantinische Elemente mit traditioneller osmanischer Architektur verbindet und deren Innenraum mit einer Vielzahl blauer Kacheln ausgekleidet ist. Meine Haare sind inzwischen sehr dunkel und sehr lang, und während mir das Schneegestöber in Spiralen um den Kopf wirbelt, verleiht die Moschee meiner Haut eine bläuliche Färbung. Ich betrachte mich im Taschenspiegel – Eitelkeit im langen

Schatten religiöser Andacht. Der kleine Spiegel erzählt die Geschichte eines Mädchens, das unter den Wellen lebt.

Mit meinem Jetlag gönne ich mir um sechs Uhr früh ein Frühstück im Four Seasons. Ich esse Gebäckstückchen und lese die türkische Zeitung. Beim Hinausgehen stibitze ich noch etwas für die Katzen. Ich stehle nicht, schließlich habe ich fünfzig Dollar fürs Büffet bezahlt, aber ich genieße das Gefühl, es als kleinen Verstoß zu sehen. Lachs, Würstchen und Schinken in Hülle und Fülle, für die Straßenkatzen, denen es vermutlich egal ist, ob es »halal« ist oder nicht.

Der Morgen bricht gerade an, als ich zum Hamam Cemberlitas gehe, dem ältesten türkischen Bad der Stadt. Er wurde 1584 erbaut, und alles Licht kommt von den Hunderten Sternen, die in das Kuppeldach geschnitzt wurden. Ich höre den Ruf zum Gebet von der Blauen Moschee, während ich nackt im kochend heißen Dampf liege. Außer mir ist niemand da.

Jede Besucherin bekommt eine Frau zugeteilt, die sie abschrubbt und abwäscht, die schmerzenden Gliedmaßen knetet und massiert. Die Frauen, die einen bearbeiten, sind ebenfalls nackt. Meine hat riesige Hängebrüste und die blassen, grauen Augen, die ich in New York an Frauen aus der Dominikanischen Republik schon gesehen habe. Während wir uns mit Händen und Füßen zu verständigen versuchen, seift sie mir die Haare ein und sagt: »Baby Girl.«

Ich weiß nicht, ob sie sagen will, ich *sähe* wie ein Baby Girl aus, oder ob sie fragt, ob ich ein Baby Girl habe.

Sie grinst. Ihr fehlt ein Zahn. »Baby Girl.«

Sie wiederholt es strahlend: »Baby Girl?«

Einen schrecklichen Moment lang glaube ich, sie habe nach Pearl gefragt. Eingehüllt in Dampfschwaden, schießen mir Tränen in die Augen. Ich bin froh, dass sie voller Seife sind.

Am Ausgang verkaufen sie selbstgemachte Seifen mit einem Anhänger, der einen vor dem bösen Blick schützen soll.

Ich kaufe mir einen und frage mich, wie ich ihn in meinem Inneren aufhängen soll.

Im 19. Jahrhundert schrieb der französische Abenteurer Pierre Loti in seinem Roman *Aziyadé* über ein Mädchen in einem Harem von Istanbul, in das er sich verliebt hatte. Er schrieb, er hätte seine Seelenverwandte gefunden. Er wollte ihr helfen, aus dem Harem zu fliehen, um mit ihr zu leben. Doch dann, eines Morgens, segelte sein Schiff heimwärts, mit ihm an Bord. Als er viele Jahre später zurückkehrte, erfuhr er, dass Aziyadé aus enttäuschter Liebe gestorben war. Im Buch steht nicht, sie habe sich umgebracht. Da steht, sie sei aus Liebe gestorben. Ich schätze, sie hat einfach aufgehört zu essen. Aber vielleicht ist auch ihr Herz unter dem mit Juwelen besetzten Schleier zerbrochen.

»Gehörst du mir?«

Ja.

»Gehörst du mir?«

Ja.

»Gehörst du mir?«

Nein.

»Nein?«

Nein. Ich habe dir gern gehört. Aber jetzt gehöre ich *mir*, was im Grunde genommen immer der Fall war.

Von Schneestürmen gepeitscht, stapfe ich mit eingezogenem Kopf zum Topkapi-Palast, der von 1465 bis 1863 Wohn- und Regierungssitz der osmanischen Sultane war. Er besteht aus einem Komplex von vier großen Innenhöfen und vielen verwinkelten kleineren Gebäuden, und es gibt Hunderte von Räumen und Schlafgemächern, in denen die heiligsten Reliquien der muslimischen Welt untergebracht sind, und da ist natürlich auch der gut erhaltene Harem.

In der ehemaligen Sultansresidenz gibt es eine Ausstellung

mit heiligen Reliquien. Dort kann man das Kochgeschirr des Propheten Abraham bestaunen, den Turban des Propheten Joseph, das Schwert des Propheten David, den Mantel des Propheten Mohammed. Spannend, was dazu in meinem Reiseführer steht:

> *Vergangenheit, Zukunft und Gegenwart sind lediglich verschiedene Aspekte eines großen Ganzen. Wir sind in der Lage, diese Einheit zu genießen, da wir ein Gefühl für die unterschiedliche Intensität der Zeit haben – eine ist für uns von größter Wichtigkeit, die anderen sind untergeordnet und miteinander verknüpft. Es gibt jedoch einige Gegenstände, die wie ein Punkt oder eine gezeichnete Linie sind und die uns mit unseren spirituellen Wurzeln verbinden. Durch die Assoziationen, die sie erwecken, können wir tiefer in die Vergangenheit eintauchen und daraus hoffnungsvolle Erwartungen an die Zukunft hegen, ausgerüstet mit Beharrlichkeit, Durchhaltevermögen und Entschlossenheit, die für die kommenden Zeiten vonnöten sind.*

Ich halte mich stundenlang in der Ausstellung auf, bis ich mich abseits der Besucherscharen plötzlich in einem Nebenraum wiederfinde, der im Reiseführer nicht erwähnt wird. Unter kunstvollen Schriftzeichen, mit Blattgold überzogen, stehen ein Sofa, ein Ventilator und ein kleiner Couchtisch, auf dem alte Ausgaben der *New York Times* liegen.

Eine Tür geht auf.

»Em-ma For-rest!«

»Dr. R?« Aha, hier steckt er! »Darf ich Sie umarmen?«

Er nickt.

»Michelle tut das auch gern. Sie wissen schon, Michelle Obama. Die haben Sie verpasst. Aber sie umarmt die Leute gern.«

»Jetzt haben wir andere Zeiten.«

»Stimmt.«

Er führt mich in sein Büro und setzt sich auf seinen Stuhl.

»Können Sie das Licht da ausmachen?«

»Klar, natürlich, das hier auch?«

»Danke.«

Der Raum ist genau so, wie er es immer war, und man kann die Schulkinder der East 94th Street auf ihren Fahrrädern vorbeisausen hören.

»Und …?« Er lächelt. Er zeigt seine Handflächen, was – wie ich weiß – bedeuten soll: »Wo haben Sie Ihren Kopf im Moment?«

»Ich hatte eine schwere Zeit ohne Sie.«

Er nickt. »So ein plötzlicher Verlust ist immer schwer zu verkraften. Sie hatten großes Glück bisher. Sie haben noch niemanden verloren. Ihre Reaktion ist also nicht unangemessen. All diese Jahre des Ritzens. Und nun haben Sie einen echten Grund zu leiden. Eine interessante Herausforderung!«

»Danke!«

»Ich zweifle nicht daran, dass Sie diesem Schmerz gewachsen sind. Sie sind vollkommen anders als die junge Frau, die damals vor meiner Tür stand.«

»Glauben Sie, Sie hätten ihm helfen können?«

Er verlagert sein Gewicht. Er weiß, von wem ich rede. »Ja.«

Ich lasse den Kopf hängen.

»Denken Sie, er hat alles ernst gemeint, was er sagte?«

»Ja. Er hat alles so gemeint, wie er es sagte, zumindest in *dem* Moment. Aber das ist sein Fehler. Und letztlich saß er am längeren Hebel. Zurzeit ist es *eine* Sache, die Sie deprimiert. Davor waren sie wegen allem deprimiert. Folglich geht es Ihnen verhältnismäßig gut, Emma.«

Ich schaue auf den Boden. Als ich wieder aufblicke, habe ich feuchte Augen.

»Ich habe Angst davor, mich noch einmal zu verlieben. Ich fürchte, ich habe alles Vertrauen verloren.«

»Haben Sie *nicht*!«

»Und die Falltür, an die ich oft denke? Unter der sich echt üble Sachen befinden? Sie hat schon wieder beinahe unter mir nachgegeben.«

»Sie wissen, was Sie tun müssen, damit sie zu bleibt.«

Ich schüttle den Kopf. »Ihretwegen hab ich noch mehr Angst, dass meine Mutter sterben könnte. Ich trauere jetzt schon um sie. Ich versuche, mich dagegen zu impfen.«

»Es nützt nichts, wenn es dann wirklich passiert.«

Ich scheue mich ein bisschen davor, ihn daran zu erinnern.

»Als ich das letzte Mal bei Ihnen in der Praxis war, habe ich Ihnen erzählt, dass die Vorstellung, Sie könnten sterben, allmählich zu einer fixen Idee von mir wurde.«

Er schmunzelt. »In der Psychiatrie geht es eigentlich darum, solche Ängste aufzulösen.« Ich zucke zusammen, doch er fährt fort: »Wir wollen nicht, dass Sie ewig hierbleiben müssen. Ich möchte, dass Sie hier herauskommen. Ich will, dass wir zusammen herausfinden, wie Sie Ihren Kummer zulassen, um darüber hinwegkommen zu können.«

Ich würde gern etwas Nettes sagen, damit er weiß, dass sein Vertrauen in mich gerechtfertigt ist.

»Ich bin froh, dass ich nach Istanbul gekommen bin. Im Ernst. Aber obwohl ich froh darüber bin, glaube ich immer noch, dass man sich selbst nicht durch Reisen, sondern nur über die Seelen anderer Menschen finden kann.«

»Dann sind Sie immer noch die Frau, die ich kennengelernt habe.«

»Damals war ich noch ein Kind.«

Ich lege mir ein Taschentuch auf die Augen, wie einen Fächer, wie der verdammte Fächer, den GH mir mal aus Spanien geschickt hat.

»Lassen Sie mich etwas sagen, und ich möchte, dass Sie es im Gedächtnis behalten: Der Mensch, der Sie wirklich und tatsächlich sind – es gibt nichts und niemanden, der da etwas hinzufügen oder wegnehmen könnte.«

»Aber … an jenem Nachmittag im Schrank und in der Badewanne dachte ich: Ich habe so viel verloren. Da kann ich auch gleich alles verlieren.«

»Sie wissen, dass das nicht nötig ist. Es ist wie die Geschichte, die Sie mir erzählt haben … wie Sie sich als Kind das Gesicht angemalt haben. Dass Sie mit Absicht durch den Mathetest rasselten, aus lauter Angst, Sie *könnten* durchfallen. Aber Sie können dieses Muster durchbrechen.«

»Immer wenn er in mir kam, hat er geweint. Verstehen Sie? Rückblickend gibt es mir das Gefühl, eine Sündenträgerin zu sein.«

»Emma, Emma. Sie sind keine Sündenträgerin. Sie sind in den falschen Zug gestiegen, das ist alles.«

Ich lege meinen Taschentuch-Fächer weg, all meine Karten liegen auf dem Tisch, feucht und zusammengeklebt.

»Ich vermisse Sie. Das war es, was ich Ihnen sagen wollte. Ich vermisse Sie ganz, ganz, ganz schrecklich. Alles Gute währt irgendwie nie lange. Das geht offenbar nicht. In meiner Erfahrung am längsten … bei meinen Eltern.«

Dr. R kritzelt etwas auf seinen Block.

»Dass ich euch beide verloren habe, ist nur eine Übung im Leiden, richtig? Wenn meine Mum und mein Dad …«

Er hält sich einen Finger an die Lippen, drückt seinen Ellbogen an seine Brust, in der kein Krebs wütet. »Ja.«

»Und wenn das dann eintritt, wird mir das hier wie ein Klacks vorkommen.«

Er nickt.

»Wenn es eintritt«, fragt er mich, »wer oder was hilft Ihnen dann über den Schmerz hinweg?«

»Freundinnen und Freunde, die mich lieben.«
»Und wenn Ihre Freunde nicht da sind?«
»Musik aus den Kopfhörern.«
»Und wenn die Musik endet?«
»Eine Predigt von Rabbi Wolpe.«
»Und wenn es keine Religion gäbe?«
»Die Berge und der Himmel.«
»Und wenn Sie von Kalifornien wegziehen?«
»Nummerierte Straßen, durch die ich gehen kann.«
»Und wenn New York in den Ozean fällt?«
*Deine Stimme in meinem Kopf.*

In der Außenstelle seiner Praxis in Istanbul, als ich mich zum allerletzten Mal von meinem Psychiater verabschiede, stelle ich Dr. R seinen Scheck aus und hoffe, dass er nicht platzt. Doch selbst wenn, wird er mir verzeihen, das weiß ich.

# 41. Kapitel

Auf dem Rückflug muss ich in London umsteigen. Wir haben einen längeren Aufenthalt, und so gehe ich in die Stadt und merke zu meiner Verblüffung, dass ich in Richtung Tate Gallery gehe.

Mit klopfendem Herzen gehe ich zu Raum 14.

Andere Mädchen sind da, die sie zum ersten Mal bestaunen. Ich halte mich im Hintergrund, damit sie Ophelia eine Weile für sich haben. Ich warte, bis ich an der Reihe bin.

Zurück in L. A., höre ich in der ersten Nacht ein Klappern an der Haustür. Die Katzen sträuben ihr Fell. Ich greife hektisch nach einer Waffe. Unter meinem Kopfkissen liegt … ein Kugelschreiber. Gut, ich werde ihn oder sie wegschreiben! Nichts geschieht. Wer immer auch gerade versucht, bei mir einzubrechen, kommt offenbar nicht herein. Er oder sie scheitern an dem Sicherheitsschloss, das GH zu meinem Schutz anbringen ließ. Doch das Komische ist, dass mir plötzlich einfällt, wie oft ich in letzter Zeit zum Kugelschreiber greife. Immer wenn mich der Wunsch überkommt zu sterben, schreibe ich stattdessen eine Geschichte.

Ich steige aus dem Bett, gehe nach unten zu meinem Computer und beginne, ein Drehbuch zu schreiben, an dem ich drei Tage lang am Stück schreiben werde, eine Komödie namens *Lügner (A–E)*. Ich verkaufe es an einen Filmproduzenten, Scott Rudin, der schon mal einen Oscar gewonnen hat, für mehr Geld, als ich jemals gesehen habe. Ich zahle meine Steuern. Ich zahle meine Schulden. Ich zahle alle Leute aus, denen ich etwas schulde, und stelle fest, dass das Darlehen, das ich meinem Dad zurückbezahle, noch aus der Zeit meines Aufenthalts im Priory stammt.

Am Tag nach der Amtseinführung verbringt mein Dad ungeheuer viel Zeit am PC, um den Hut, mit dem Aretha Franklin aufgetreten ist, mit seinem Photoshop-Programm auf meine Babyfotos zu übertragen.

Malia und Sasha Obama fotografieren ihren Daddy, als gäbe es kein Morgen. Barack hält auswendig eine ausgezeichnete, siebzehnminütige Ansprache, und erst als er zur Eidesformel kommt, verspricht er sich. Tja, kann passieren …

8. Mai 2008
Dr. R hat mir geholfen, meinen ersten und einzigen Fisch zu fangen.
E (NEW YORK, NY)

# 42. Kapitel

Ich mache nicht jeden Tag meine Gymnastik und ich meditiere auch nicht jeden Tag, aber ich denke täglich an Selbstmord, als würde ich ihm auf dem Weg zur Arbeit respektvoll zunicken. An manchen Tag wache ich schon mit dem Gedanken an Selbstmord auf oder werde von ihm geweckt. An anderen Tagen überfällt er mich, wenn ich nicht schnell genug aus dem Bett komme. Und in seltenen Fällen ist er beim Einschlafen mein letzter. Kein einziges Mal denke ich daran, wenn ich draußen in der Welt unterwegs bin. Meist ist er keine Reaktion auf irgendwas – es kommt nur selten vor, dass etwas passiert und ich deshalb denke: »Ich sollte mich umbringen!« Es ist etwas Subtileres, mehr wie eine Duftnote. Eine Art Markenzeichen, denke ich mir, und es fällt kaum auf. Nur alle paar Jahre wird er übermächtig. Dann lenkt mich oft das Streicheln meiner Katzen ab. Musik ebenfalls. Und auch Sex – wenn ich verliebt bin – lenkt mich ab.

Ich frage mich, ob *er* es wusste – ob es das war, was er in meinen Haaren gerochen hat? Eine Komponente. Eine Kopfnote. Es gibt nur einen einzigen Zeitraum, in dem ich absolut *gar* nicht daran dachte, und das war in der Zeit mit ihm. Ich wünschte, es wäre nicht so. Ich hoffe, er traf mich nur zufällig zu einem Zeitpunkt, als Dr. Rs Arbeit mit mir erste Früchte trug. Möglich wäre es …

Dr. R und GH waren für mich zwei Seiten derselben Medaille. Mit ihnen hatte ich mich so absolut wohlgefühlt. Sie gaben mir das Gefühl, ein guter Mensch zu sein. Sie sahen etwas mehr. *Sie sahen mich.* Und jetzt können sie mich gar nicht mehr sehen. Wie unsagbar traurig. Es ist einfach nur traurig und basta! Denn ich kann sie immer noch sehen. Ich kann die Welt sehen, in der ich war. In diesen Spiegel kann man von beiden Seiten sehen. Aber das gilt nur für mich.

Sie wollen sicher wissen, ob ich jemand Neuen gefunden habe oder nicht, trauen sich aber nicht zu fragen. Ob es jemanden gibt, der das riesige Loch in meinem Herzen ausfüllen kann, das die Trennung von ihm in mir hinterlassen hat.

Ja, ich habe jemanden gefunden.

»Das Leben ist sinnlos«, sagt meine neue Therapeutin, Michaela, »und keiner überlebt es. Das Einzige, was zählt, ist die Liebe.«

Sie ist das krasse Gegenteil von Dr. R. Aber ist das nicht immer so?

Ich fühle mich ihr sehr verbunden. Aber ich weiß, auch wenn wir für immer zusammenbleiben, muss eine von uns zuerst gehen.

Die Traurigkeit – die allgemeine Traurigkeit, die in meinem Hirn hockt und pinkelt – ist nicht vorbei. Wird sie nie sein. Doch inzwischen weiß ich, wie ich sie am besten vertreiben kann. Das klappt meistens ganz gut. Manchmal nicht. Einmal sitze ich auf dem Bürgersteig und weine so haltlos, dass eine Frau mich fragt, ob sie mit mir beten soll. Ich sage ja. Ich werde dieser Frau ewig dankbar sein. Sie war hübsch, jung und trug den allgegenwärtigen Juicy-Couture-Trainingsanzug. Sie sah aus, als käme sie gerade vom Sport. Sie betete mit mir, bis der Bus kam. Dann ging ich nach Hause, machte mir Tee und schrieb eine Notiz an mich selbst:

Na schön, fuck it, ich will es so.
Es will mich so. Und ich will es ebenfalls.

Auf dem Portobello Market kaufe ich mir einen viktorianischen Ring. Er besteht aus einem Schädel, durch den sich eine Schlange windet, und er kostet fünfhundert Pfund. So viel Geld habe ich noch nie für etwas ausgegeben, außer für meinen Computer. »Hat mir Scott Rudin geschenkt«, sage ich, als ich ihn an den Finger stecke, doch das sage ich auch, wenn ich Katzenfutter und Toilettenpapier kaufe. Ich kaufe den Ring, weil ich wie die Mädchen sein will, die durch ihren Verlobungsring an das Versprechen gebunden sind, ihre Jungfräulichkeit zu bewahren. Ich will ihn jeden Tag betrachten und den Gedanken an den Tod glitzern und funkeln lassen, mehr nicht. Er bleibt an meinem Finger. Jungfrauen haben es normalerweise nicht leicht: Es bedeutet eine Menge Blowjobs und Analsex, wenn man den eigentlichen Sex bis zur Hochzeitsnacht aufschieben will. Und merkwürdigerweise denke ich, dass es dasselbe ist, wenn ich den Tod bis zum eigentlichen Tod aufbewahre. Ich werde vermutlich eine Menge bizarrer Entscheidungen treffen, nur um am Leben zu bleiben. Aber damit kann ich leben.

Ich sagte zu Dr. R, New York hätte das alles in mir an die Oberfläche geholt, ähnlich wie damals im Mittelalter mit Blutegeln das Fieber aus dem Körperinneren gezogen wurde. Mein Gypsy Husband war für mich wie eine Vermählung mit New York. Er war die beste Stadt auf der Welt, er war die einzige Stadt auf der Welt, bis er mich total einkesselte. Noch nie zuvor tat mir etwas so weh. Er war wie ein exotischer Schmetterling. Jetzt ist er fort. Ich habe echt Glück gehabt.

Wenn Selbstmord keine Option mehr ist, musst du dich stattdessen auf die Dunkelheit einlassen und etwas daraus machen.

Perry schlägt mir im Schlaf manchmal ins Gesicht. Um sechs Uhr früh wache ich auf und empfinde statt Traurigkeit nur Wut und das Bedürfnis zu pinkeln. Etwas zieht mich hinaus in den Garten, ganz nach hinten. Ich finde die Stelle wieder, wo ich den Karton mit der tiefgefrorenen Lasagne vergraben habe. Ich ziehe meine Pyjamahose runter, gehe in die Hocke und pinkle darauf. Als ich mich umsehe, entdecke ich Perry, ein Stück weiter weg zu meiner Rechten, der mich mit der Aufmerksamkeit eines Bodyguards beobachtet.

7. Mai 2008

Meine schönste Erinnerung an Dr. R ist, als wir in Massachusetts am Jiminy Peak in der Warteschlange am Lift standen und plötzlich einen Mann sahen, der nur in einer Badehose im Freien bei Minusgraden fröhlich in einer heißen Wanne herumhüpfte. Bei näherem Hinsehen erkannten wir, dass es Dr. R war (wir hatten keine Ahnung, dass er auch dort sein würde), der einen Heidenspaß hatte.

J UND J (NEW YORK, NY)

# 43. Kapitel

Ich sitze an einem Holzschreibtisch in einem toskanischen Bauernhaus aus dem 15. Jahrhundert und schreibe an meinem neuen Drehbuch. Ich bin mit einem Mann hier, mit dem ich mal ganz kurz ein Verhältnis hatte, der inzwischen aber ein guter Freund ist, ein ganz lieber, einer der engsten Freunde, die ich habe, obwohl ich ihn gezwungen habe, mir ins Gesicht zu sagen, dass ich »sexuell einfach nicht sein Ding bin«. Daraufhin habe ich beleidigt eine skurrile geheime Liste verfasst und gemutmaßt, wer oder was »sein Ding« sein könnte. (»Seite 3: Mädchen mit sechs Fingern?« – »Marmite?« – »Ein Kommentar aus dem Off von Morgan Freeman?« – »Die Erkennungsmelodie von *Ghostbusters*?« – »Die Erkennungsmelodie von *Ghostbusters II*?«) Wir ernähren uns von frischen Tomaten und Käse, und danach gibt es Gebäck mit Pinienkernen und den besten Kaffee aller Zeiten. Im Moment sitzt er unten an seinem Schreibtisch, ich bin ein Stockwerk darüber in einem Turmzimmer. Ich habe Lust, mir den Song *Postcards from Italy* von Beirut anzuhören. Ein phantastisches Lied! Eigentlich noch sehr viel mehr, denn darin steckt sehr vieles meiner Geschichte mit GH. Aber es ist auch einfach nur ein verdammt guter Song. An diesem Nachmittag hat er keine Vorgeschichte, besteht lediglich aus Melodie und Worten, und er tut nicht weh in meinem Herzen, sondern erfüllt mich nur mit einer Freude, die ich die ganze Woche schon verspüre.

Da kommt mein Freund die Treppe herauf. »Zwei Punkte: Erstens: Willst du lesen, was ich geschrieben habe? Und zweitens: Würdest du bitte aufhören zu singen? Du hörst dich an wie eine verdammte Kneipensängerin.«

Zum Abendessen setzen wir uns in den Garten. Die Sonne scheint, eine Katze liegt auf meinem Schoß, die Sonne scheint, über mir ein Pflaumenbaum, die Sonne scheint, vor uns liegt ein wunderschönes Tal, die Sonne scheint, also habe ich meine Brille auf, um meine Augen zu schützen. Mein guter Freund schaut mich an und sagt: »Die verträgst du nicht.«

»Doch, tu ich.« Wenig später: »Warum?«

»Die Linsen sind sehr unterschiedlich.«

»Sind sie nicht.«

»Sind sie doch.«

Ich bin irritiert, weil ich nicht weiß, was er meint, und dann nehme ich die Brille ab und sehe, dass ich seit zwanzig Minuten versehentlich *seine* Brille trage, die keine Sonnenbrille ist, sondern eine hochgradige Korrektionsbrille.

Ich tausche die Brille schnell gegen meine Ray-Ban aus, und das Thema ist erledigt.

Die Katze, verfilzt und blauäugig, hebt den Kopf und sagt: »Tussi, du hast echt nichts dazugelernt!«

Alles ist gut.

Darf ich Ihnen erzählen, wie es ist, *in* Millais' Ophelia-Bild zu leben? Es gibt Stellen, an denen das Wasser angenehm warm ist. Beim Ertrinken kann ich den Himmel sehen, die hängenden Äste über meinem Kopf. Es ist total schön! Ich will möglichst lange an der Wasseroberfläche bleiben. Eine Zeitlang treibt ein junger Mann neben mir her, wir halten uns an den Händen und betrachten gemeinsam den Himmel, spüren, wie die Haut des anderen schrumpelig wird, weil wir uns nach Liebe aus dem Wasser recken, und das werden wir immer tun. Dann kommt eine Biegung und er treibt davon, mit einer Strömung, gegen die er nicht ankommt. Aber es gibt ja noch den Mann am Ufer, den Mann, den man nicht sehen kann, weil er unter der Farbschicht verborgen ist. Wie die Leute, die den Marathonläufern ein volles Glas entgegenstrecken. Ich kann ihn hören. Und er hält mich an der Wasseroberfläche. Das Wasser ist so kalt und dunkel, aber über mir ist alles offen und blau, und während das Wasser mich nach unten zieht, ruft er immer noch: »Schau nach oben! Schau nach oben!«

Und das tue ich.

Ich wollte unbedingt alles über die letzte Woche meines Dr. R erfahren, über seine Diagnose und seine Behandlung. Wie ist er gestorben? Wie hätte er gerettet werden können? Aber eigentlich brauche ich nichts darüber zu wissen. Das ist relativ unwichtig. Sehr viel wichtiger für mich ist sein Leben. Endlich begreife ich auch, dass ich den Tod meiner Beziehung zwar nicht verstehe, es aber auch nicht verstehen *muss*. Diese Männer waren gut und freundlich zu mir, sie haben mich geliebt und ich sie auch, und der Schock hilft mir am Ende nicht weiter. Die wahre Offenbarung ist nicht, dass ich sie verloren habe, sondern dass ich sie *gehabt* habe.

Mum schreibt mir eine E-Mail über den Film *Synecdoche, New York*. Sie sagt, sie hätte ihn sehr schön und sehr bewegend gefunden. Als ich sie frage, warum, erklärt sie: »Weil er mich an meine eigene Sterblichkeit erinnert hat.« Es ist das erste Mal, dass sie diesen Punkt anspricht, davor haben wir einfach verdrängt, dass sie möglicherweise nicht ewig lebt.

Sie traut mir zu, dass ich mit ihrer Aussage umgehen kann.

Ich speichere es im Gedächtnis ab und bin froh, dass sie an sich selbst denkt, obwohl sie dadurch natürlich automatisch auch an mich denkt. Und was ich ihr angetan habe. Und was ich ohne sie machen werde. Und was aus mir werden wird.

»Du musst nicht mit jemandem glücklich sein, nicht für mich«, versichert sie mir auf meine Frage hin, ob sie enttäuscht sei, dass ich es bislang nicht geschafft habe, eine dauerhafte Beziehung einzugehen. »Ich will, dass du mit dir selbst glücklich bist.«

Ich hatte meinen Abschied von Dr. R. Und ehrlich gesagt habe ich auch GH wiedergesehen, nicht lange nach meiner Istanbul-Reise, aber aus der denkbar größten Entfernung. Auf einer Agentur-Party nach einer Preisverleihung in Los Angeles.

Ich trug ein Kleid, das ich mir in der Zeit mit Simon gekauft hatte, und das Simon zu eng und zu tief dekolletiert fand. Unkontrollierbar, mich überflutend.

»Wenn du da hingehst, wirst du GH sehen«, sagte Mum.

»Ich weiß.«

»Tapferes Mädchen.«

»Bin ich. Und ich bin auch … haut- und würdelos.«

In diesem Kleid kann man all meine Tattoos sehen. Sie kitten mich zusammen, dort, wo früher Blut floss. Das war zwar nicht geplant, hat sich aber so ergeben.

Bei der Party unterhalte ich mich lange mit Robert Downey junior und vergesse ganz, dass ich ihm Päckchen ins Gefängnis geschickt hatte. Ich frage mich, ob er sich noch an seine Zeit im Gefängnis erinnert. An unsere anderen Leben, bevor wir gerettet wurden, bevor wir prämodern wurden.

Aber Sie interessiert sicher sehr viel mehr, wie das Gespräch mit GH verlief. Sehr gewöhnlich, ehrlich: »Wie geht es deinen Eltern?« – »Was machen deine Schwestern?«

Bis eine Schauspielerin mit einem hautengen Korsettoberteil in der Farbe von dickmachenden Trüffeln zu uns tritt und im Scherz zu GH sagt, sie sei nun endlich bereit, ihn zu vögeln. Und er sagt: »Ha, endlich!«, denn was kann er schon sagen? Ihre Haare sind perfekt gefärbt und toupiert. Wir sind in Hollywood. Ich habe mich dafür entschieden, hier zu sein, ich habe mich freiwillig dafür entschieden, *hier* zu sein!

Er und ich setzen unseren Smalltalk fort, echt *small*, ja winzig, der uns wie Liliputaner verschlingt. Es gibt einen Moment, in dem die Liliputaner von Mini-Cheeseburgern abgelenkt werden. Wir verstoßen gegen die Spielregeln und halten für eine Weile Händchen, schweigend, bestimmt gute fünf Minuten. Es ist ruhig und still, so still, dass die Schauspielerin eine Weile braucht, um uns zu erspähen, und dann geht sie vor uns auf die Knie und sagt: »Himmel, wie peinlich, was ich vorhin gesagt habe! Ich wusste ja nicht, dass ihr zwei zusammen seid.«

»Ich …«, wollte ich ihr erklären.

Sie hebt eine Hand mit perlmuttfarbenen Fingernägeln, und unsere Geschichte glüht im Dunkeln. »Man spürt, dass etwas zwischen euch ist.«

Irgendwo sehr weit weg, im buddhistischen Kraftfeld, wo wir nebeneinander liegen, donnern die Wellen noch immer unten an die Klippen. Dort existiert ein anderes Leben, in dem Liebesbriefe nicht mit Tinte geschrieben werden, die verblasst und irgendwann unsichtbar wird. Ein anderes Leben, in dem Dr. R noch ein weiteres Jahr hat, weitere fünf Jahre, ein Leben, in dem er nicht sterben muss, ein Leben, in dem er wieder gesund wird und auch andere gesund machen kann, und in dem seine Familie ihn behalten darf. Es ist ruhig in unserem buddhistischen Kraftfeld, und nach unseren Leben voller Irrungen und Wirrungen, die wir uns selbst zugefügt haben, staunen wir beide über dieses Ding, das sich Frieden nennt. Wir haben so hart an unserer Genesung gearbeitet, und jetzt haben wir einander zum Beweis; wir stehen in der Heide, am Rand einer Klippe, und verspüren keinen Impuls zu springen. Noch ein Augenblick, noch ein Atemzug. Aber nicht für immer. Im New York Presbyterian Hospital hinter einer Tür des Milstein-Pavillons macht Dr. R seine letzten Atemzüge.

Als die Party wieder in unser Blickfeld rückt und wir statt des Rauschens des Heidekrauts und des Meeres das Klirren von Champagnergläsern, Stilettos auf Marmorplatten, das Wogen der Party hören, lässt GH meine Hand los und schaut der Schauspielerin in die Augen.

»Nein, Darling. Da ist nichts. Zwischen uns läuft absolut nichts.«

Wenn mein Leben irgendwann zu Ende geht – das richtige Ende, zum richtigen Zeitpunkt (auch wenn es wie bei Dr. R ein unfairer Zeitpunkt ist, wird er richtig sein) –, werden in meinem Kopf willkürliche Erinnerungen aufblitzen: Bleistiftspitzer und Pinguine. Meine Freundinnen und Freunde, die meinen Highway der Verzweiflung säumten, mein Vater, der sich für eine Katze ein Lied ausdenkt, mit meiner Mutter zu einem Gospelsong tanzt, ihr gerader Rücken, die weichen Hände und das schöne Gesicht. Die selbstgenähten Geschenke meiner Schwester. Beim Autofahren *Graceland* hören. Ein eigenes Universum erschaffen, in dem man mit einem Lover in aller Ruhe liest. Und ein Mann, den ich zwar niemals außerhalb eines kleinen Zimmers sah, der jedoch felsenfest glaubte, mein Leben sei vielversprechend und lebenswert. Ich glaube nicht, dass ich mich irre, wenn ich sage, meine letzten Gedanken werden voller Liebe sein. Ich erinnere mich noch. Sollten Sie jemals einen Menschen verloren haben auf die Art, wie ich zu gehen versuchte, dann glauben Sie mir: Seine letzten Gedanken vor dem Weggehen galten der Liebe – das kann ich Ihnen aus eigener Erfahrung versichern – egal, wie verzweifelt er war, egal, in welcher Hölle er sich befand, was immer ihn veranlasst hat, die Pillen zu schlucken oder die Schlinge zu knoten, seine Taschen mit Steinen zu füllen und ins Wasser zu gehen.

Als ich erwache, finde ich eine E-Mail von der Liebe meines Lebens vor.

*Ich habe mir überlegt, was mit weiblichen Stimmen passiert, wenn sie älter werden. Sowohl die von Emmylou Harris als auch die von Joan Baez sind hinüber. Diese kristallklaren, mühelos höchste Höhen erklimmenden Töne sind weg. Joni Mitchell hingegen klingt eine Oktave tiefer besser, genau wie*

*Dylan und Cohen. Jeder klingt früher oder später wie Tom Waits.*
*Ich habe Emmylous neues Album. Ihre Stimme ist weg, aber die spektakuläre Kraft und ihre Musikalität sind noch da, und die Songs sind wunderschön.*
*Ich gehe über die vereisten Wege wie eine Greisin, die versucht, nicht zu fallen.*
*xxx Mum*

09. Mai 2008
Als der Sportreporter Red Smith gebeten wurde, beim Begräbnis eines Freundes eine Ansprache zu halten, blickte er auf die versammelten Trauergäste und sagte: »Das Sterben ist keine große Sache, der Dümmste von uns wird es schaffen. Das Problem ist eher das Leben.«
Dr. R hat das Leben geliebt, mehr als jeder andere, den ich kannte. In den fünfundzwanzig Jahren, in denen wir befreundet waren, hat er das Leben in vollen Zügen genossen. Er mochte New York, er mochte die Hamptons, er mochte Saint-Barth, das Theater und die Musik, gutes Essen und Kunst. Er sah gern Sportsendungen, trieb aber auch mit Leidenschaft aktiv Sport; er ging gern aus, blieb aber auch gern zu Hause. Er war nicht in allem gleich gut, das schafft keiner. Aber er war sehr unbefangen und willens, es zu versuchen. Er lachte, wenn etwas schiefging, und er feierte, wenn etwas gutging.
Die Botschaften seiner Patienten erinnern mich daran, dass Dr. R auch eine ernste Seite hatte und sich seinen Lebensunterhalt damit verdiente, anderen Menschen zu helfen, im Leben wieder Fuß zu fassen. Warum ihm das so gut gelang? Das lag daran, dass er sein eigenes Leben im Griff hatte und dass er felsenfest davon überzeugt war, dass jedes Leben gut und lebenswert war und jeder auf eine Besserung hoffen konnte.
Ein Mensch wie Dr. R kann erkranken, sein Körper kann zerbre-

chen, und er kann uns verlassen. Doch der Glanz seines Lächelns und seine Herzlichkeit sind unvergänglich. Sie werden uns für immer bleiben.

B (PALO ALTO, CA)

# 44. Kapitel

Ich mache eine kleine Reise mit meinen Eltern; wir fahren zu SB und ihrer Familie in ihr Haus am See, in New Hampshire. Als wir dort ankommen, empfinde ich die Seen, die Bäume und die am Himmel entlanggleitenden Habichte als Balsam für meine Seele. Doch am allerschönsten finde ich, dass auf jedem Autokennzeichen das Motto des Staates New Hampshire steht: »Frei leben oder sterben«.

Und als ich mit Mum und Dad und SB um den See wandere, kommt es mir zum ersten Mal in den Sinn. Es ist das erste Mal, dass ich begreife, dass Ritzen schlecht ist, auch wenn es seinen Zweck erfüllt:

*Allein mit einer Katze in einem verstaubten Schrank voller ungleicher Schuhe ist ein armseliger Platz, um dein kleines Licht leuchten zu lassen.*

Mum lässt zu, dass ich mich bei ihr einhake. Sie flüstert mir zu: »Kennst du den Regisseur David Gordon Green?«

»Ja«, sage ich.

»Kennst du den Schauspieler Joseph Gordon-Levitt?«

»Klar.«

»Sie unterscheiden sich voneinander.«

Sie wartet darauf, dass ich widerspreche.

»Klar, Mum. Es sind zwei verschiedene Männer.«

Sie denkt über meine Antwort nach.

»Nein, das akzeptiere ich nicht.«

Dad, der mit seinen John-Cleese-Beinen vor uns hergeht, beginnt, Songs aus der *West Side Story* zu schmettern.

»Wenn du ein JET bist, ein JET bis aufs Mark / trägst du das Etikett voller Stolz / NOCH IM SARG.«

Dr. R würde es gefallen. Es würde ihm gefallen, mit uns hier am See zu sein, Seite an Seite mit Stephen Sondheim, der die Songtexte geschrieben hat.

Danach gehen Dad und ich zu *Jerusalem* über, inzwischen eine Art englischer Nationalhymne, die wir immer in der Schule singen mussten.

»Und wurde Jeruuusalem hier ERBAUT«, schmettert mein Vater aus voller Kehle, »INMITTEN dieser finsteren satanischen Mühlen?«

»Worum geht es eigentlich in diesem Lied?«, frage ich ihn.

»Oh.« Er zuckte die Schultern. »Das war William Blakes Mentalismus.« Nach allem, was meine Eltern mit mir durchmachen mussten, ist er ziemlich cool geworden, wenn es um psychische Störungen geht und die Macht, die sie haben können.

Ich weiß, dass ich immer wieder panische Momente haben und denken werde, dass ich verrückt werde (neulich sah ich mir eine volle Stunde lang Rick Moranis' Clips auf YouTube an. Ich habe mir *Ride Like the Wind* von Christopher Cross heruntergeladen. Ich aß mal fünfzig Pekannüsse hintereinander. Mit »mal« meine ich vor einer Stunde. Beim Sex denke ich manchmal an die Szene von *Inglourious Basterds*, in der Shosanna einen Kinosaal in Brand steckt, der voller Nazis ist). Aber eigentlich werden die Abstände immer größer.

*

Dad und ich singen weiter. Mum bleibt ein Stück zurück, weil sie so klein ist und ihre Beine aus Schaumzuckermäusen bestehen. Ich bin immer noch bei der Jets-Choreografie, Dad ist beim Crescendo von *Jerusalem* angelangt.

Ich sage laut: »Ich bin verdammt glücklich.« Aber niemand kann mich hören, weil Dad die letzten Töne der Hymne grölt: »BA BA BAA BA BUUUUUH!«

17. Mai 2008
Ich bin Patient von Dr. R und werde es immer bleiben.
N (NEW YORK, NY)

# Epilog

Ich bin in New York, sechs Monate nach unserer Trennung, als mir ein freundlicher Journalist per E-Mail ein Foto von GH schickt, Hand in Hand mit seiner neuen Gypsy-Frau, deren Kleid enthüllt, dass sie im vierten oder fünften Monat schwanger ist. Was soll ich tun? Ich weiß nicht, wie ich darauf reagieren soll. Mich ritzen? Ich habe einen Kurzschluss.

*Hier das Sofa, auf dem sie liegen. Hier seine Hand in ihrem Haar. Hier seine Worte auf ihrem Blatt. Hier steht, wie sehr er sie braucht. Hier steht, wie er sie zum ersten Mal küsste. Hier steht, wie wunderbar sie einander ergänzen.*

Ich starre die Rasierklinge in meiner Toilettentasche an. »Sag mir, was ich tun soll!« Die Rasierklinge bleibt stumm. »Nun sag schon!« Ich kann meinen eigenen Atem hören. Was bedeutet: Ich kann mich hören. Da sind keine Stimmen. Seine nicht, die von Dr. R nicht. Keine Internet-Spinner. Nicht einmal meine Mum.

Ich verlasse das Badezimmer.

Ich setze die Kopfhörer auf.

Ich fahre mit der 1 zur Staten Island Ferry.

Ich nehme die Fähre, weil ich es noch nie gemacht habe. Der Himmel ist offen und weit, es ist frisch, aber sonnig, der typische, blaue Himmel von NYC. Ich höre The Velvet Underground *Pale Blue Eyes* singen, und weil es in meinem Leben niemanden mit blassblauen Augen gibt, muss der Himmel für die Dauer des Songs als meine Muse herhalten.

Das Deck ist offen. Es ist niemand da außer mir. Ich tanze allein zur Musik. Ich bin die Gypsy-Frau. Ich bin das Baby Emma von Jeffrey und Judy. Ich bin Lisas Schwester. Ich bin die Mutter eines sechsjährigen Maori-Kinds. Ich bin Patientin in einer psychiatrischen Abteilung. Ich bin das Mädchen, das Chips futtert, um die anderen Chips runterzuwürgen. Ich bin das Mädchen auf dem Gemälde. Ich bin verzweifelt. Ich bin beschwingt. Ich bin Jane Eyre – ich habe ihn vor sich selbst gerettet. Letztendlich habe ich ihn befreit! – bis eine neue Jane Eyre kommt und ich Mrs Rochester bin. Ich habe in dem Haus gewohnt. Ich habe in der Dachkammer gewohnt. Ich bin das lose Ende einer Schnur mit dem Gordischen Knoten, der nicht gelöst werden kann. Ich habe mich nicht erhängt. Es tut mir nicht leid.

Einiges erinnert an Israeli-Folk, anderes eher an Bauchtanz, den ich in Istanbul gelernt habe, und meine Füße tanzen einen kleinen Flamenco. Ich tanze, was das Zeug hält, ich wirble über das gesamte Deck. Ich kann tun, was ich will, weil ich ganz allein bin.

Die Fähre biegt um die Ecke, und beim Anblick der Freiheitsstatue möchte ich aufspringen und jubeln – ich war schon immer so fasziniert von weiblicher Schönheit. Einmal habe ich Debbie Harry im Wartezimmer eines Arztes gesehen und »Hurra!« gerufen. Kein Wunder, dass das Symbol für Freiheit und Hoffnung eine Frau ist! Ein kleiner Junge wird wütend, als er erfährt, dass er nicht hineingehen darf. »Nur anschauen? Das ist alles? Man kann gar nichts mit ihr machen? Sie nur *anschauen*?«

Obdachlose fahren gern auf dieser Fähre, weil sie kostenlos ist; ich entdecke einen Zettel, auf dem »Sind Sie bipolar?« steht, etliche Symptome sind aufgeführt. Oben an der Treppe steht, wie eine hochkarätige Werbekampagne, die Neugier erweckt, ein Mann, der entweder bipolar oder total fertig ist, doch das macht mir keine Angst. Was Dr. R wohl getan hätte, was hätte er in ihm und in dieser Situation gesehen? Eine Frau, die an der Reling lehnt, stößt mir aus Versehen einen Arm in die Rippen, weil sie gerade geküsst wird. Egal, was aus diesem Liebespaar werden wird, die junge Frau wird sich immer an diesen Moment erinnern, und es mag wehtun, vielleicht eine ganze Weile, doch dann, eines Tages, wird sie sich an den Himmel und den Kuss erinnern, und daran, dass sie im langen Schatten der Freiheitsstatue geliebt wurde.

Endlich habe ich es kapiert. Eigentlich ist es ganz einfach:

*Das war nicht mein Baby. Das war nicht mein Ehemann.*

Irgendwann wird es einen geben. *Er* war es nicht.

Ophelia schaut in den blauen Himmel hinauf und wird von einer Stelle kalten Wassers zu einer Stelle getragen, wo das Wasser viel wärmer ist. Da passiert etwas Ungewöhnliches. Sie bewegt ihre Arme wie beim Rückenschwimmen. Es ist ein sonniger Tag, und im Geiste hört sie Mavis Staples *Eyes on the Prize* singen, was besser zu The Velvet Underground passt, als man annehmen würde. Wohin Ophelia auch schaut, überall sieht sie *prizes* – Belohnungen. Die Blumen, die Art, wie sich die Sonne in den Booten spiegelt, sogar Menschen, die ihr zuwinken. Sie weiß nicht, wohin sie zuerst schauen soll, aber sie empfindet es als großes Geschenk.

Ich kann sie vom Oberdeck der Fähre aus sehen. Das Wasser ist angenehm. Sie dreht sich auf den Bauch und schwimmt, ohne lange zu überlegen, auf das Ufer zu, wo die riesige grüne Statue steht, einen Arm hoch erhoben.

Und darunter, winzig, aber unverkennbar, steht ein jüdischer Mann mittleren Alters, der seinen Gürtel viel zu hoch trägt. Er ist nicht der erste Jude auf Ellis Island, aber vielleicht der klügste, vielleicht der freundlichste, vielleicht – nur vielleicht – der Mensch, der die meisten Leben verändert hat. Als sie an Land steigt, ist er nicht mehr da, doch sie richtet sich trotzdem auf. Sie ist stärker, als alle vermutet hätten. Ihr nasses Kleid klebt an ihren Kurven, und als das Wasser herausströmt, würde keiner, der sie von der Fähre aus beobachtet hat, vermuten, sie könnte kaputt oder beschädigt, ruiniert oder verrückt sein.

Aber im Umkreis von vielen Meilen ist niemand, und diese Tatsache macht sie glücklich und ruhig, als sie ihre nassen Haare schüttelt.

# Danksagungen

Ich bedanke mich bei:

Felicity Rubinstein. Kim Witherspoon. Elinor Burns. Cliff Roberts.

Bei Bloomsbury: Alexandra Pringle, Anna Simpson, Alexa von Hirschberg, Holly MacDonald, Victoria Millar und Jude Drake.

Dafür, dass sie zu mir durchkamen und mir beistanden:

Lisa, Andrea, SB, Teeter, Bianca, Barbara, Shannon, Nat, Sass, Dorothy, Shaye, Maayan, Danielle, Kat, Min, Link, Seamus, Michaela, Shalamar, Asa, Gilah, Elishia, Tendo, Ali, Cleo, Clare, Gary, Indira, Talia, Petra, Lucy und ganz speziell auch bei Rabbi Wolpe.

Auch meinem Langzeit-Vermieter Scott bin ich sehr dankbar für die Laurel-Canyon-Einsamkeit.

Außerdem danke ich Susa Gelpke-Doran (Wirtin und Inspiration). Nicht zu vergessen Joe Wright (eine Stimme am Telefon).

Zu guter Letzt möchte ich mich auch noch bei dem anonymen Psychiater und Autor bedanken, der hinter der Website fxckfeelings.com steht.

## Textnachweise

Lines from »On Raglan Road« by Patrick Kavanagh are reprinted from Collected poems, edited by Antoinette Quinn (Allen Lane, 2004), by kind permission of the Trustees of the Estate of the late Katherine R. Kavanagh, through the Jonathan Williams Literary Agency

»Gee, Officer Krupke« und »Jet Song« aus West Side Story, written & composed by Leonard Bernstein, composed by Stephen Sondheim © by Jalni Publishing Inc. Abdruck mit freundlicher Genehmigung durch UNIVRSAL Music Publishing GmbH
Deutsche Übersetzung: Frank Thannhäuser und Nico Rabenald